光文社文庫

文庫書下ろし／長編時代小説

成敗
鬼役 七

坂岡　真

KOBUNSHA

この作品は光文社文庫のために書下ろされました。

目次

六文銭 —— 9
さるすべり —— 117
地獄をみよ —— 222

幕府の職制組織における鬼役の位置

- 将軍
  - 大老（臨時で置かれる）
  - 老中
  - 京都所司代
  - 側用人
  - 大坂城代
  - 寺社奉行
  - 奏者番
  - 若年寄
    - 書院番頭
    - 小姓組番頭
    - 林大学頭
    - 小普請奉行
    - 西丸留守居
    - 百人組頭
    - 新番頭
    - 目付
    - 徒頭
    - 小納戸
    - 奥右筆組頭
    - 表右筆組頭
    - **膳奉行**
    - 賄頭
    - 小石川御薬園預
    - 鳥見
    - 大坂定番

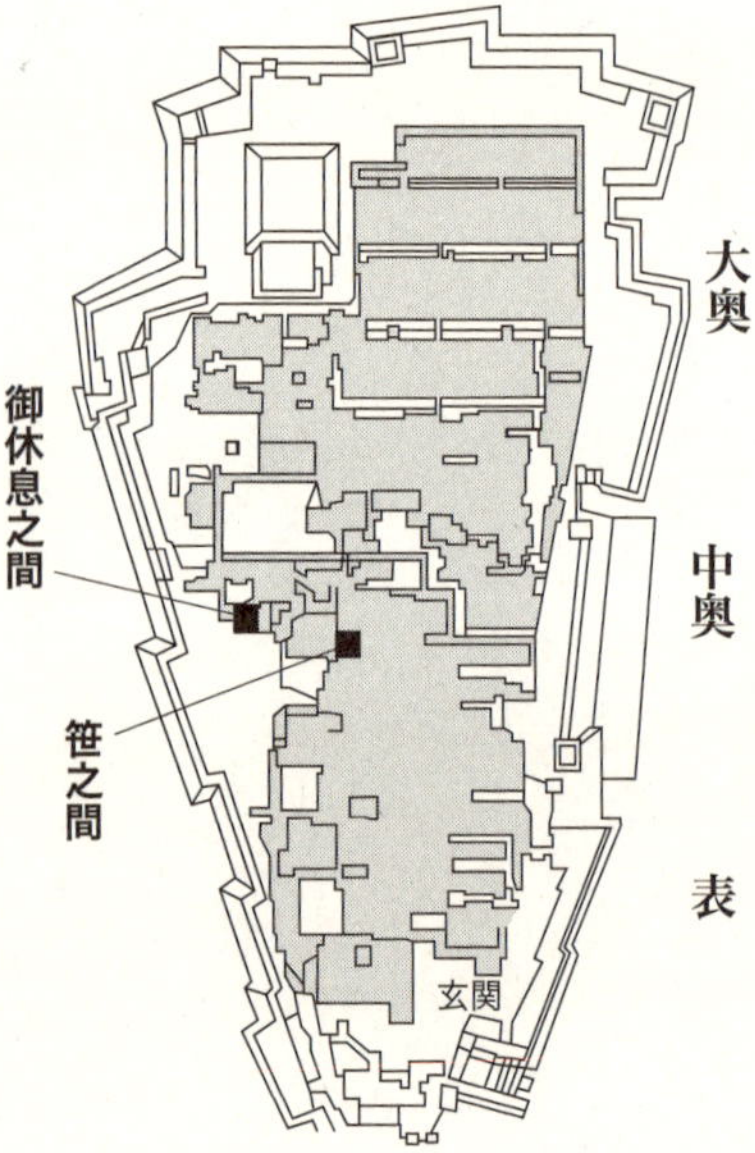

鬼役はここにいる！

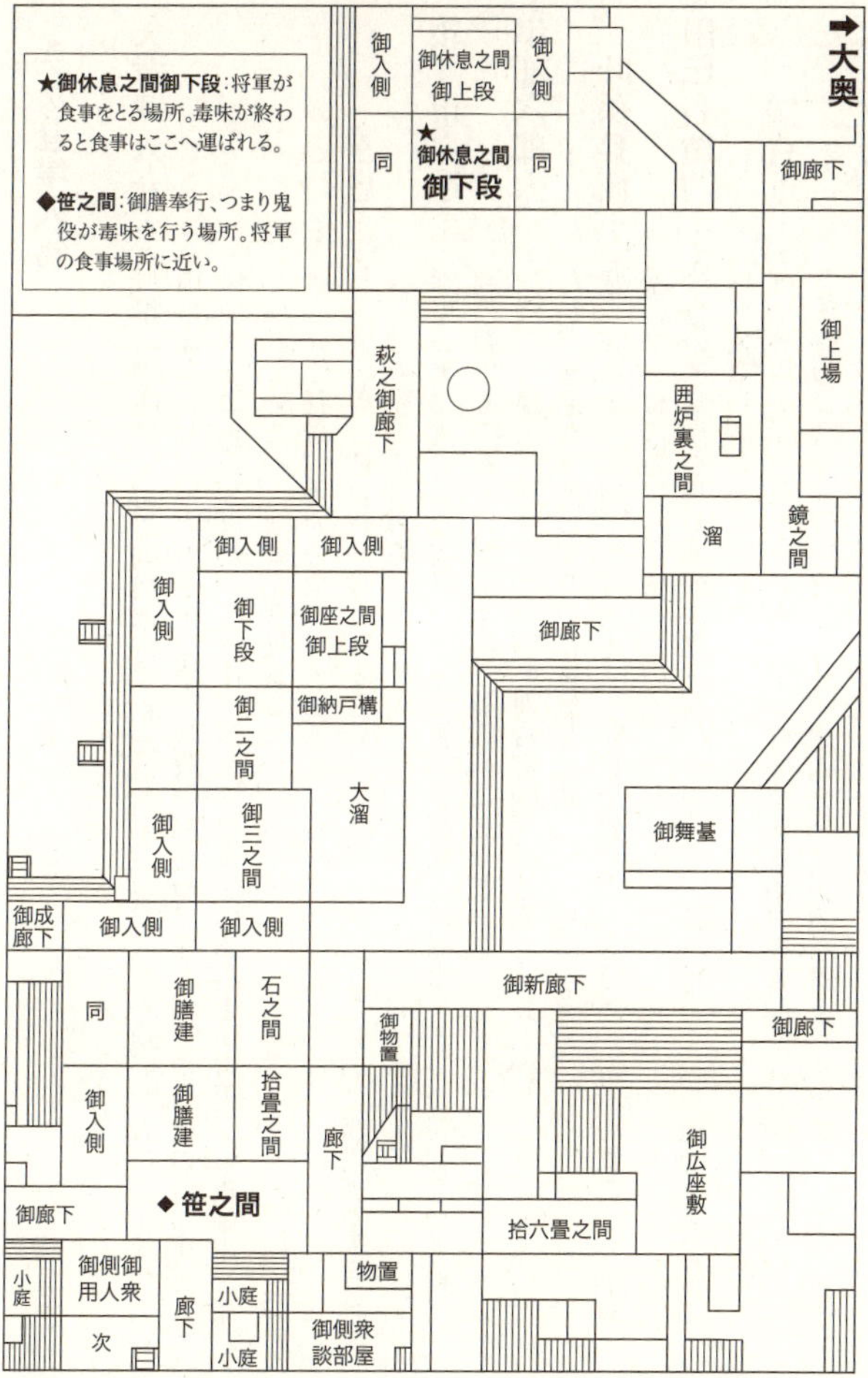
★御休息之間御下段：将軍が食事をとる場所。毒味が終わると食事はここへ運ばれる。
◆笹之間：御膳奉行、つまり鬼役が毒味を行う場所。将軍の食事場所に近い。
→大奥
御入側
御休息之間
御上段
御入側
同
★御休息之間
御下段
同
御廊下
御上場
萩之御廊下
囲炉裏之間
溜
鏡之間
御入側
御入側
御入側
御下段
御座之間
御上段
御廊下
御納戸構
御二之間
大溜
御舞台
御入側
御三之間
御成廊下
御入側
御入側
御新廊下
同
御膳建
石之間
御物置
御廊下
御入側
御膳建
拾畳之間
廊下
御広座敷
御廊下
◆笹之間
拾六畳之間
小庭
御側御用人衆
廊下
小庭
物置
次
小庭
御側衆談部屋

主な登場人物

矢背蔵人介……将軍の毒味役である御膳奉行、またの名を「鬼役」。お役の一方で田宮流抜刀術の達人として幕臣の不正を断つ暗殺役も務めてきたが、指令役の若年寄長久保加賀守に裏切られた。その後、御小姓組番頭の橘右近から再び暗殺御用を命じられているが、まだ信頼関係はない。

志乃……蔵人介の養母。薙刀の達人でもある。

幸恵……蔵人介の妻。徒目付の綾辻家から嫁いできた。蔵人介との間に鐵太郎をもうける。弓の達人でもある。

綾辻市之進……幸恵の弟。真面目な徒目付として旗本や御家人の悪事・不正を糾弾してきた。剣の腕はそこそこだが、柔術と捕縄術に長けている。

串部六郎太……矢背家の用人。悪党どもの臑を刈る柳剛流の達人。元長久保加賀守の家来だったが、悪逆な主人の遣り口に嫌気し、蔵人介に忠誠を誓う。

叶孫兵衛……蔵人介の実の父親。天守番を三十年以上務めた。天守番を辞したあと、小料理屋の亭主になる。

土田伝右衛門……公方の尿筒役を務める公人朝夕人。その一方、裏の役目では公方を守る最後の砦。武芸百般に通じている。

橘右近……御小姓組番頭。蔵人介のもう一つの顔である暗殺役の顔を知る数少ない人物。若年寄の長久保加賀守亡きあと、蔵人介に、正義を貫くためと称して近づく。

鬼役 七

成敗

六文銭

一

天保《てんぽう》六年、水無月朔日《みなづきついたち》。

塗り壁に囲われた炉《ろ》が真っ赤に燃えている。

夕立《ゆうだち》に一抹《いちまつ》の涼をおぼえたのが、遥かむかしの出来事のようだ。

ただでさえ暑いのに、炉のまえで火の見張りをやらされている。

「……も、もう堪忍《かんにん》だ。脳味噌まで溶けちまう」

五平《ごへい》は、やおら尻を持ちあげた。

足がふらつく。立ちくらみだ。

「めえったな」

胡麻塩頭《ごましお》を横に振り、腰をくっと伸ばす。

「もう、真夜中過ぎか」

今ごろ、吉坊《よしぼう》はおつたの腕んなかで眠っているにちげえねえ。

吉坊のやつ、近頃はずいぶん寝相《ねぞう》がわるくなりやがった。

夜中に何度も抱きあげて、いつも枕元に戻してやる。

寝不足になっても、けっして苦ではない。おつたと夫婦になって十年が過ぎ、あきらめかけていたときに授かった待望の息子だ。

早く家に帰り、川の字で眠りたい。

「……吉坊」

後ろで静かに流れる大川《おおかわ》に向かって、五平は可愛い息子の名をつぶやいた。

それにしても、暗い。

町木戸の閉まる亥《い》ノ刻（午後十時）までは、両国《りょうごく》の空に花火があがっていた。

月をも焦《こ》がすと喩《たと》えられる花火だが、今宵《こよい》は焦がす月も出ていない。

漆黒《しっこく》の空と沈黙した川、川縁《かわべり》に沿って点々と連なるのは今戸《いまど》焼きの茶碗や皿を焼く大窯《おおがま》だ。ここは吉原遊廓《よしわらゆうかく》へ通じる山谷堀《さんやぼり》を渡ったさき。大川端《おおかわばた》の今戸町に並ぶ窯の火は夜も絶えることがない。

暗がりに目を凝らせば、黒煙がもくもくと立ちのぼっている。

窯場の片隅には、大窯に似せた炉がいくつか築かれてあった。

そのひとつに座り、五平は三日三晩、火の番をさせられていた。

もっとも、炉の様子を気遣う必要はない。金物を溶かしたり、鋳造《ちゅうぞう》したりするのは、そのために連れてこられた鍛冶職人たちの役目だ。餅は餅屋、五平は洟垂《はなた》れや野良犬どもを炉のそばに寄せつけなければそれでいい。たったそれだけで、三百文の日傭《ひよう》銭を貰うことができた。

三百文といえば、盛り蕎麦《そば》十八杯ぶんだ。

堀川やどぶを浚《さら》って金物を探す淘《よな》げ屋《や》を生業《なりわい》にする身としては、ありがたい小遣い稼ぎだった。

神楽坂《かぐらざか》の貧乏長屋には、嬶《かか》ぁのおつたと五つの吉坊が待っている。

ふたりを食わせるためには、危ない橋だとわかっていても、割の良い稼ぎをみつけるしかなかった。

「おい、河童《かっぱ》。なまけてんじゃねえぞ」

元相撲取りの力丸《りきまる》が、棍棒《こんぼう》で肩を叩きながらやってくる。

窯場を仕切っている若頭で、狂犬のような大男だ。辻で通行人を脅しあげる通り物もやっていたらしく、黄色く濁《にご》った目でうろつきまわり、ときには遊び半分に手や足を棍棒で撲《なぐ》りつけてきた。

窯場には今戸焼きの職人のほかに、五平のように端金《はしたがね》で雇われた連中が何人もいた。

金に困ったやつばかりだ。窯場の一角が危ないところとわかっていても、銭欲しさに居座るしかない連中が集められている。

名は知らない。おたがい、知りあいになる気もなかった。

五平は川を仕事場にする淘げ屋なので、力丸から「河童」と呼ばれている。

銅を盗む盗人《ぬすっと》どもの仲間になれば、廓《くるわ》遊びができるほど稼げるとも聞いた。

もちろん、身軽さと胆の太さと、何よりも悪党どもの信用が得られなければ、仲間に入れてはもらえない。

連中は江戸じゅうから銅を盗み、舟や荷車でここへ運んでくる。

かたわらの小屋には銅瓦《どうがわら》や銅板が山積みにされ、なかには鋸《のこぎり》で切った擬宝珠《ぎぼし》なんぞも転がっていた。

炉で銅を溶かして何をつくるのか、阿呆《あほ》でなければ誰でも察しはつく。

贋《にせ》の銅銭をつくるのだ。

お上《かみ》に知れたら首が飛ぶ。

ただ、不思議なことに、手入れがはいったことはない。

その理由も、だいたい想像はつく。

吹所《ふきしょ》の役人を抱きこんでいるからだ。

官許の銅《どう》吹所は本所横川町《ほんじょよこがわちょう》にあった。勘定所《かんじょうしょ》の勝手掛《かってかかり》が張りついており、町奉《まちぶ》行所《ぎょうしょ》からも見廻り役の与力《よりき》や同心《どうしん》がやってくる。

五平は商売柄、吹所へ金物を納入することもあったので、そうした役人たちの顔を知っていた。窯場のそばで見掛けたこともある。ところが、今戸の窯場が密鋳《みっちゅう》の根城《ねじろ》と知りながら、役人は誰ひとりとして取り締まろうとしない。怪しげな商人と接触し、袖《そで》の下を貰っているからだ。

怪しげな商人の正体など知らないし、知りたくもない。

知れば命に関わってくる。そんな予感がはたらいた。

五平は火のまえで座ったまま、うとうとしはじめた。

「おい、起きろ」

いきなりどやされ、棍棒で背中をこづかれる。

威張《いば》り虫の力丸が、仁王のように立っていた。

「来い」

炉の脇を通りすぎ、小屋の裏手へまわる。

力丸は藪《やぶ》を掻《か》きわけ、踏みこんでいった。

しばらく進むと、ひらけたところに出る。

山狗《やまいぬ》さえも寄りつかぬ雑木林のなかだ。

うろのある大木のまえに篝火《かがりび》が焚《た》かれ、黒装束《くろしようぞく》の連中が待ちかまえていた。

「……ひい、ふう、みい」

十人は超えていよう。

銅を盗んでくる盗人どもにまちがいない。

ほかには、五平と同様に端金で雇われた男たちが七、八人おり、鍛冶職人も四、五人いる。みな、力丸の指示にしたがい、篝火のそばに正座させられた。

黒装束のひとりが、一歩前に踏みだす。

蜘蛛《くも》のように手足の長い体軀《たいく》だが、風格を感じさせた。

頭目であろう。

「ぷふうっ、蒸し暑くて仕方ねえが、目出し頭巾《ずきん》を脱ぐこともできねえ。なにせ、おれさまの顔を拝んだやつは生かしちゃおけねえからな。それとも、冥土《めいど》の土産に脱いでみせようか。くふふ、どうせ、てめえらは虫螻《むしけら》も同然のやつらだ。捻《ひね》りつぶしても罰《ばち》は当たるめえ」

毛穴から、冷や汗がどっと出てくる。

逃げだそうにも、からだが動かない。

「今戸の窯場も、そろりと危うくなってきた。今夜じゅうに、塒《ねぐら》を移さなきゃならねえ。でもな、そのめえに始末しとくことがある」

頭目が顎《あご》をしゃくると、力丸が五平の面前に立った。

「力丸、そいつから目を離すんじゃねえぞ」

「へい、おかしら」

「ちょいと厄介なことになった。じつは、こんなかにお上の間者《かんじゃ》がいる」

「げっ、おいらじゃねえ」

五平は声をひっくり返した。

「堪忍してくだせえ。あっしは、そんなだいそれた者じゃねえ」

「くふふ、誰がおめえだと言った」

頭目は振りむきざま、腰の大刀を抜きはなつ。

そのまま構えもせず、かたわらに立つ黒装束の籠手《こて》を断った。

「ぬげっ」

右の手首がぼそっと落ち、男は片膝をつく。

背後から手下が近づき、頭巾を剝《は》ぎとった。

男は血走った眸子《まなこ》を剝《む》き、顎をがくがくさせている。

「ざまあみろ、おれが知らねえとでもおもったか。さあ、誰に命じられたか吐け。そうすりゃ、楽にしてやるぜ」

輪切りにされた手首の斬り口から、鮮血が溢《あふ》れだす。

男は強烈な痛みに耐えかね、唇《くち》もとを嚙《か》みしめた。

「命じたのは勘定奉行か、それとも大目付《おおめつけ》か。ふん、喋《しゃべ》る気がねえなら、仕方ねえ。おい、力丸」

「合点《がってん》で」

力丸は大股で近づき、苦しむ男を見下ろした。

「楽にしてやるぜ」

片手持ちにした棍棒を、高々と頭上に持ちあげる。

「死にさらせ」

怒声もろとも、棍棒が振りおろされた。

——ばこっ。

おもわず、五平は目を逸《そ》らす。

怖々顔をあげると、屍骸《むくろ》と化した男が地べたに横たわっていた。

「みたか。おめえらもな、裏切ったらこうなるんだぜ。死にたくなけりゃ、おとなしくしてな。さあ、屍骸を埋めろ。炉の引っ越しはそのあとだ」

頭目は袖口に手を入れ、取りだした銅銭をばらまく。

「ふふ、そいつは三途《さんず》の川の渡し賃さ」

ばらまかれた銅銭は六つ、丸のなかに四角い穴の開いた寛永通宝《かんえいつうほう》だ。

「おれたちのつくる銅銭は、そんな鐚銭《びたせん》じゃねえ。一枚で百枚ぶんの値打ちがある當百銭《とうびゃくせん》よ。小判と同じ俵のかたちなんだぜ。へへ、まあいいや」

頭目は背中をみせ、呵々《かか》と嗤《わら》いながら去っていく。

「ほら、ちゃっちゃとやれ」

力丸に尻を蹴られ、五平は土竜《もぐら》のように穴を掘りはじめる。

血腥《ちなまぐさ》い臭気に顔をゆがめつつも、窯場から逃げだす手を考えつづけた。

二

半月後。

水無月十六日は千代田《ちよだ》城内にて、嘉祥《かじょう》の祝いと呼ぶ疫気払《えきばら》いの行事がおこなわれる。

饅頭《まんじゅう》、羊羹《ようかん》、鶉《うずら》焼《や》き、熨斗《のし》、寄水《よりみず》、平麩《ひらふ》、酒、切蕎麦など、十六種類の菓子や酒肴《しゅこう》が杉の葉を敷いた片木盆《へぎぼん》に並べられ、将軍家斉《いえなり》手ずから諸大名にふるまわれるのだ。

絢爛《けんらん》豪華な大広間の二之間から三之間にかけて、千六百余りの菓子膳を仕度しなければならぬので、御膳所《ごぜんどころ》は早朝からおおわらわとなった。

中奥《なかおく》の笹之間《ささのま》では、鬼役とも呼ぶ御膳奉行の毒味がおこなわれる。

当番はいつもふたりで、ひとりが毒味をおこない、ひとりは見届け役となった。

毒味役に粗相があれば、見届け役は介錯《かいしゃく》をおこなうものとされていたが、いまだかつて笹之間に鬼役の首が転がった例はない。

もっとも、毒を啖《くら》って屍骸となり、不浄門《ふじょうもん》から運びだされた者はある。

矢背蔵人介《やせくらんどのすけ》も毒の仕込まれた赤穂《あこう》の塩を舐《な》め、生死の境をさまよったことがあった。

怖いのは毒だけではない。箸で取り忘れた魚の骨が公方《くぼう》の咽喉《のど》にでも刺されば、即刻、腹を切らねばならぬ。ゆえに、鬼役に就《つ》いて二十有余年というもの、出仕の折りは首を抱いて帰宅する覚悟を決めていた。

いつなりとでも死んでみせる覚悟がなければつとまらぬと、今は亡き養父の信頼《のぶより》から仕込まれたのだ。

――毒味役は毒を啖《くろ》うてこそのお役目。河豚《ふぐ》毒に毒草、毒茸《きのこ》に蟬《せみ》の殻《から》、なんでもござれ。死なば本望《ほんもう》と心得よ。

それこそが、鬼役をもって徳川家に仕える矢背家の家訓であった。

ところが、毎食のように死を賭《と》しているわりには、あまりに薄給すぎる。職禄は二百俵しかない。家計のやりくりは大変だし、家では肩身《かたみ》の狭いおもいをしている。

それでも、鬼役を辞めたいとおもったことはなかった。

理由はわからぬ。天職のように感じているのかもしれない。

たいていは、長くとも三年で役替えとなり、それなりに出世を果たす。

にもかかわらず、蔵人介にだけは、いっこうに上から声が掛からない。

出世は疾《と》うにあきらめた。そもそも、出世などのぞんだことはない。笹之間に根が張ったように居座りつづけているせいか、居心地がよくなってしまったのも確かだ。

毒味作法に関しては、神の領域に近づいている。旬の食材の味は無論のこと、色《いろ》艶《つや》を目にしただけで毒の有無を判別できるし、魚の骨取りについては、金を払ってでも見物したいと申しでる者もいるほどだ。

それゆえ、ほかに四人いる鬼役の誰もが蔵人介と相番《あいばん》になりたがる。

今日の相番は、頰《ほお》の肉が醜いほどに垂れた桜木兵庫《さくらぎひょうご》であった。

それともうひとり、見習いの若侍が落ちつかない様子で対座している。

兼松才次郎《かねまつさいじろう》という五百石取りの旗本《はたもと》で、喋《しゃべ》り好きの桜木から鬼役の心得を懇々《こんこん》と聞かされていた。

「脅かすわけではないがな、今から一年ほど前、おぬしと同じ年恰好の若造が毒を啖うて死んだ」

「ま、まことでござりますか」

「おや、聞いておらぬのか」

桜木は、得意満面に腹を突きだす。

「奉書《ほうしょ》焼きにした福子《ふっこ》を包んだ奉書紙に、何と、山鳥兜《とりかぶと》の猛毒が塗ってあった。それを舐めて逝《い》ったのさ。ふふ、驚いたか。矢背どのが相番でな、奉書紙に毒が塗られておるのを見破ったのだぞ」

「その御仁は毒と知りつつ、舐めたのでござりますか」

「さよう、恐れ多くも上様《うえさま》のお命を頂戴せんと、みずから毒を仕込んだのさ。自業自得《じごうじとく》というものよ。矢背どのは大手柄をあげたにもかかわらず、褒美《ほうび》を受けとろうともせなんだ。ふふ、どうじゃ、鬼役の鑑《かがみ》であろう」

「矢背さまのお噂は、かねがね伺っておりまする」

「ほう、どのような噂じゃ」

「笹之間には欠かすことのできぬお方だと」

「それだけか。ほかにはは」

「はあ」

「正直に申してみい」

「じつを申せば、正真正銘、鬼の末裔《まつえい》なのだと噂する者もござります。その秘密は、矢背というめずらしい苗字《みょうじ》に隠されているとも」

辟易《へきえき》する蔵人介を尻目に、桜木は得《え》たりという顔をつくる。

「どはは、よくぞ申した。矢背どのは寡黙《かもく》な御仁ゆえ、わしから説いてつかわす。矢背とは洛北《らくほく》の八瀬《やせ》の地に由来する姓でな、八瀬の民は閻魔《えんま》大王に使役された鬼の子孫とも伝えられておるのじゃ」

今から千二百年前、京洛《けいらく》一帯に巻きおこった壬申《じんしん》の乱において、天武《てんむ》天皇が背中に矢を射かけられた。そのときに「矢背」と名づけられた洛北の地名が、やがて「八瀬」と変わった。

「伝説の地に根付いた民は八瀬童子《どうじ》と称され、この世と閻魔王宮のあいだを往来する輿《こし》かきとも、高僧に随伴《ずいはん》する鬼神《きじん》の末裔とも言われた。みずからも鬼の子孫であることを誇り、鬼を祀《まつ》ることでも知られる。集落の一角には今でも鬼洞《おにがほら》なる洞窟《どうくつ》があってな、都を逐《お》われて大江山《おおえやま》に移りすんだ酒呑《しゅてん》童子が祀られておるそうだ」

鬼の子孫であることを公言すれば、権力者の弾圧を免《まぬか》れない。ゆえに、村人たちは比叡山《ひえいざん》に隷属《れいぞく》する「寄人《よりうど》」として、延暦寺《えんりやくじ》の座主《ざす》や皇族の輿を担ぐ「力者《りきしや》」となった。戦国の御代には「天皇家の影法師《かげぼうし》」と畏怖《いふ》され、禁裏《きんり》の間諜《かんちよう》となって暗躍し、織田信長《おだのぶなが》でさえも闇の族《うから》の底知れぬ能力を懼《おそ》れたという。

「矢背家は八瀬童子の首長に連なる家柄なのだ。ふふ、驚いたか。されど、安心するがよい。矢背家は女系でな、御先代も矢背どののご自身も御家人からの婿入りゆえ、鬼の血は引いておられぬ」

蔵人介は、我が事のように語る桜木に殺意すらおぼえたが、敢えて拒む理由もないので、黙って仕舞いまで聞いていた。

見習いの兼松はしきりに感心し、神仏でも崇《あが》めるような目を向けてくる。

蔵人介が顔を背《そむ》けたところへ、音もなく襖《ふすま》がひらき、小納戸《こなんど》役の配膳方《はいぜんかた》が三方《さんぼう》を運んできた。

「ほほ、来よったぞ」

骨の折れる魚の骨取りもなく、甘い菓子や餅を味見すればよいだけなので、桜木がめずらしく毒味を買ってでた。

「矢背どの、一年のなかで毒味が楽しみなのは、嘉祥の祝いだけよ。余り物は持ちかえりも許されておるゆえ、家の者らも楽しみに待っておる」

家で待つ連中も、桜木のように肥えているのだろうか。

みればみるほど毒味役とはほど遠い肉付きをしていると、蔵人介はおもった。

薙刀《なぎなた》の師範でもある養母の志乃《しの》ならば、矢背家伝来の「鬼斬《おにき》り国綱《くにつな》」を取りだし、だぶついた肉を削《そ》ぎおとすところだ。

「くふっ」

「おや、めずらしい。頑固一徹《がんこいってつ》の鬼役どのが思い出し笑いとは。矢背どの、何ぞ楽しいことでもおありか」

「いや、別に。お気になさるな」

「気になるといえば、そうじゃ、増上寺《ぞうじょうじ》の御霊屋《みたまや》から銅瓦がごっそり盗まれた噂、お聞きになられたか」

「耳にしたような気もいたす」

芝の増上寺には二代将軍秀忠《ひでただ》、六代将軍家宣《いえのぶ》、七代将軍家継《いえつぐ》、九代将軍家重《いえしげ》の霊廟《れいびょう》が築かれている。いずれも、本殿と拝殿を相之間《あいのま》で繋《つな》いだ荘厳《そうごん》な建物だ。内外には精緻《せいち》な彫刻や彩色がほどこされ、屋根はすべて銅瓦葺《ぶ》きとされていた。

「惣門《そうもん》からさきは参内《さんだい》できぬが、銅瓦を引っぺがされた御霊屋は禿山《はげやま》も同然になりおったとか。なにせ、銅造りの奥院宝塔《おくのいんほうとう》までが引っこ抜かれていたというからな」

「罰《ばち》当たりな盗人どもだな」

「つぎに狙われるのは上野山《うえのやま》の寛永寺《かんえいじ》であろう。五重塔の屋根もすべて銅瓦葺きゆえ、土台から引っこ抜かれるかもしれぬ。ぶへ、ぶへへ」

桜木は餌を貪《むさぼ》る家畜のように、意地汚く笑う。

蔵人介が黙っていると、兼松が脇から口を挟んだ。

「たしか、天保通宝《てんぽうつうほう》の鋳造が昨日からはじまったと聞いております。銅を盗む連中の狙いは、それと関わりがあるかもしれませぬぞ」

「なるほど、當百銭か」

桜木もうなずくとおり、関わりないはずがない。

幕府による貨幣の改鋳は五代将軍綱吉《つなよし》の代から繰りかえされており、そのたびにいたるところで贋銭が大量に鋳造されてきた。質を落とした貨幣の鋳造は差益によって幕府の金蔵《かねぐら》を潤すものの、贋銭が市中に出まわることで大幅に利益を損なう危うさも孕《はら》んでいる。

「しかも、妙なはなしがござってな」

桜木は顔を寄せ、声をひそめた。

臭い息が掛からぬように気をつけ、蔵人介は耳をかたむける。

「御霊屋で、屍骸がひとつみつかったらしい」

台徳院《だいとくいん》（秀忠）の御霊廟へ通じる勅額門《ちょくがくもん》の脇に、これみよがしに捨ててあったという。

「右の籠手を断たれたうえに、固いもので脳天を割られておったとか。しかも、屍骸のそばには、六枚の鐚銭が捨ててあった」

「六文銭か」

「さよう。真田《さなだ》家の旗印ゆえ、下手人は大坂《おおさか》の陣の亡霊かもしれぬと抜かす者まで出てくる始末、捕り方は銅瓦を盗む連中を『六文銭』と呼ぶようになったそうな。ふん、いずれにせよ、所詮は盗人一味のやったこと。無残な殺しも不埒《ふらち》な戯《ざ》れ言《ごと》にすぎぬ。おおかた、仲間割れか何かであろう」

「それはちがいまする」

と、兼松才次郎がまた口を挟んだ。

驚いた桜木の顔に好奇の色が浮かぶ。

「おぬし、何か知っておるのか」

「はい。斬殺された遺体の主は、龍野《たつの》藩の間者だと聞きました」

「さようなこと、誰に聞いた」

「川路弥吉《かわじやきち》と申す叔父にござります」

寺社方《じしやかた》の吟味物調役《ぎんみものしらべやく》として、寺社奉行の脇坂中務大輔安董《わきさかなかつかさのたいふやすただ》に仕えているという。

脇坂は以前から寺社の銅瓦や銅板を盗む群盗《ぐんとう》に狙いをつけ、間者を忍びこませていたらしかった。

「あれはたぶん、間者の正体を見破った頭目がこれみよがしにやったこと。脇坂中務大輔さまへの挑戦状かもしれぬと、叔父は激昂《げっこう》しておりました」

「なるほど」

桜木が腕組みをしてうなずく。

「脇坂さまが動かれておるとなれば、悪党どもとてうかうかしてはいられまい。早晩、鈴ケ森《すずがもり》に獄門首が並ぶやもしれぬな」

「そうなればよいのでござりますが」

新たな銅貨の鋳造も、密鋳を企《たくら》む悪党どものことも、蔵人介にとってはどうでもよいはなしだ。唯一の願いは、汗っかきの肥えた毒味役から一刻も早く解放されることだった。

三

蔵人介は天守番《てんしゅばん》の子として生まれ、十一歳で矢背家の養子となった。そして、十七歳で跡目《あとめ》相続を認められたあと、二十四歳のときに晴れて千代田城への出仕を許された。

十七から二十四にいたる七年間は、過酷《かこく》な修行の日々であった。

養父信頼から厳しく仕込まれたのは、毒味作法ばかりではない。

田宮《たみや》流の抜刀術《ばっとうじゅつ》も学んだ。

——剣術の心得は禅《ぜん》に通じ、禅の修行は毒味に役立つ。

というのは表向きの理由で、じつは、暗殺御用という裏の役目を引きつぐために剣術を磨かねばならなかった。

人斬りの命を下すのは、若年寄《わかどしより》のひとりだった。的となる相手を悪辣《あくらつ》な佞臣《ねいしん》や非《ひ》道《どう》な輩《やから》と信じ、疑いもなく主命にしたがった。この世との腐れ縁を一撃のもとに断ちきり、罪人どもを涅槃《ねはん》の彼方《かなた》へ葬送してやったのだ。

——正義のため。

そうやっておのれを納得させ、人斬りをかさねてきたのかもしれない。

人をひとり斬るごとに、罪業《ざいごう》の重荷は耐えがたいものになっていった。

役目に疑念を抱きはじめたころ、主命を下す若年寄の不正を知った。

すべてを無に帰《き》せんと欲し、この手で命を下す者を葬った。

爾来《じらい》、誰かに命じられて人を斬ったことはない。

ゆえに、公人朝夕人《くにんちょうじゃくにん》の土田《つちだ》伝右衛門《でんえもん》が城中に影のごとくあらわれたときも、動じる理由は何ひとつなかった。

「ふん、厠《かわや》に潜んでおるとはな、ご苦労なことだ」

「これもお役目にござる。矢背さま、今から隠し部屋へご足労願いたく」

「今からとは、ずいぶん急なはなしではないか。いったい、何の用だ」

「拙者はただの連絡役《つなぎ》、御用の中味は存じあげませぬ」

「嘘を申すな」

公人朝夕人は、公方が尿意《にようい》を告げたとき、いちもつを摘《つま》んで竹の尿筒《しとづつ》をあてがう。それが表向きの役目で、裏の役目はほかにあった。とある重臣のもとで、佞臣や逆賊《ぎやくぞく》の探索や暗殺をおこなう。しかも、十人扶持《ぶち》の軽輩《けいはい》にすぎぬものの、武芸《ぶげい》百般《ひやつぱん》に通暁《つうぎよう》し、いざとなれば公方を守る最大にして最強の盾となる。公方家斉の近習《きんじゆ》でも、そのことを知る者はほとんどいない。

「されば、お伝えいたしましたぞ」

微《かす》かな笑みを残し、公人朝夕人は煙と消えた。

来いと言われた以上、とりあえずは行かねばならぬ。

蔵人介は薄暗い廊下を踏みしめ、三十畳敷きの萩之御廊下を渡った。

すでに、子《ね》ノ刻（午前零時）を過ぎている。

城内は寝静まり、夜廻りの跫音《あしおと》も聞こえてこない。

中奥を勝手に歩きまわるのは厳禁なので、みつかれば斬首《ざんしゅ》となる。

にもかかわらず、命懸けの伺候《しこう》を何度となく繰りかえしてきた。

近頃は苦もなく忍びこめるようになったが、油断はできない。

公方が朝餉《あさげ》をとる御小座敷《おこざしき》の脇から、御渡《おわたり》廊下を進む。

まっすぐに抜ければ上御錠口《かみおじょうぐち》、その向こうは大奥《おおおく》だ。

左手に曲がれば、公方が茶を点《た》てる双飛亭《そうひてい》がある。

廊下を曲がるたびに夜廻りの灯《ひ》がないのを確かめ、蔵人介はめざす楓之間《かえでのま》に滑りこんだ。

真っ暗な部屋を手探りで歩き、床の間の端《はし》に垂れた紐《ひも》を引っぱる。

すると、芝居仕掛けのがんどう返しさながら、正面の壁がひっくり返った。

壁の向こうは御用之間《ごようのま》、歴代の公方たちが極秘の政務にあたった隠し部屋だ。

ただでさえ部屋は狭いのに、公方直筆《じきひつ》の書面や目安箱《めやすばこ》の訴状などを納めた黒塗りの御用簞笥《だんす》が一畳ぶんを占めている。低い位置には小窓が穿《うが》たれているものの、坪庭《つぼにわ》に咲いた花を愛《め》でる余裕はなかった。

「やっと来おったか。遅いのう」

薄暗がりから、皮肉まじりの声が聞こえてくる。

丸眼鏡《まるめがね》を鼻に引っかけた老臣が、一文見世《いちもんみせ》の留守居婆のように座っていた。橘《たちばな》右近《うこん》、近習を束ねる御小姓組番頭《おこしょうぐみばんがしら》にして、公人朝夕人の飼い主にほかならない。

職禄は四千石、旗本役としては最高位に近い。内外から誘惑も多かろうに、派閥の色に染まらず、御用商人から賄賂《まいない》も受けとらず、寛政《かんせい》の遺老《いろう》と称された松平信明《まつだいらのぶあきら》の活躍していたころから今の地位に留まっている。

反骨漢にして清廉《せいれん》の士、中奥に据えられた重石《おもし》のようなものだ。

周囲からは、敬意を込めて「目安箱の管理人」と呼ばれていた。

ともあれ、毒味役にとっては雲上の地位にある人物が、息子にでも接するかのように喋りかけてくる。

「どうじゃ、志乃どのは息災《そくさい》か」

「は、風邪ひとつひかずにおりまする」

「それは重畳《ちょうじょう》。ふだんから、薙刀の稽古を欠かさぬお方ゆえな」

「よくご存じで」

「おぬしが養子にはいる遥か以前より、存じておるからの」

二十代の志乃が雄藩《ゆうはん》の奥向きで剣術指南をしていたころから、橘とは親しかったと聞いている。亡くなった養父信頼とも旧知の仲で、暗殺御用に勤《いそ》しんでいた裏事情を知る唯一の人物でもあった。

「信頼は死ぬまで、志乃どのに裏のお役を告げなんだ。それでよかったと、わしはおもうておる。志乃どのはまっすぐなご性分ゆえ、隠し事には向かぬのじゃ。不思議なものよの。間諜や暗殺を生業としておった矢背家の直系にもかかわらず、志乃どのはそうした役目に向いておらぬ。一方、鬼の血が流れておらぬ養子どもが、裏の役目を担ってきたとはな。そうであろうが」

蔵人介は返答に窮《きゅう》してしまう。

今は誰かの間者でも刺客《しかく》でもないのだ。

「ときに、新銭《しんせん》の天保通宝は存じておろう」

「直《じか》に目にしたことはござりませぬ」

「これじゃ」

橘は袖口から、小判型の銭貨《せんか》を取りだす。

「できたてのほやほやじゃ。触ってもよいぞ」

蔵人介はうやうやしく手に取り、中心に開《あ》いた四角い穴に目を近づける。

「量目は五匁《もんめ》五分《ぶ》、それ一枚で百文《もん》の値打ちがある。八割方は銅、残りは鉛と錫《すず》じゃ。当面は金座《きんざ》の主導により、三千万枚が鋳造される予定でな、勘定方は少なく見積もっても三十万両からの利益を見込んでおるとか」

橘は言ったそばから、重い溜息《ためいき》を吐《つ》いた。

「わしに言わせれば、銭貨の改鋳なぞ、愚《ぐ》の骨頂《こっちょう》じゃ」

當百銭を市中にばらまかれたら、米価諸色《しょしき》の高騰は止めようもなくなる。

それがわかっていながらも、愚策に踏みきらざるを得なかったことは、幕府の台所事情が逼迫《ひっぱく》している証左でもあった。

「みながみな、飢饉《ききん》のせいにしておる。されど、幕府に金が無いのは、幕閣《ばっかく》の御歴々が有効な手だてを講じぬせいじゃ。各藩の殿様同士が腹の探りあいをおこない、派閥争いに明け暮れておる。権力を握った者の打つ手だてといえば、倹約奨励《しょうれい》と貨幣改鋳の愚策のみ。これでは、必死のおもいで米をつくる民百姓が浮かばれぬわ。今や、筵旗《むしろばた》を振る気力も失《う》せ、百姓たちは故郷の村を捨てるしかない。江戸大坂へ流れこんだ連中は暴徒と化し、商家の蔵に襲いかかる。市井《しせい》の人々の恨み言を、いったい、誰が汲《く》んでくれるのか。裏切られ、恨みを募らせた者たちは、やがて、お上に何ひとつ期待せぬようになる。それが怖ろしいのじゃ」

徳川の世が音を起《た》てて崩れていく。その兆しを察しているかのように、橘は皺《しわ》顔を曇らせる。

「當百銭を発案したのは金座御金改《ごきんあらため》役《やく》の後藤三右衛門《ごとうさんえもん》光亨《みつのり》と聞いたがの、後藤に献策させたのは御老中首座《ろうじゆうしゆざ》の松平周防守《まつだいらすおうのかみ》さまじゃ」

松平周防守康任《やすとう》、石見浜田《いわみはまだ》藩第三代藩主の顔を脳裏に描いてみた。齢《よわい》五十七、外見は小太りで丸顔、鼻の下に泥鰌髭《どじようひげ》を生やしている点を除けば、これといって目を惹《ひ》く特徴はない。ただし、凡庸《ぼんよう》にみえて、じつは老獪《ろうかい》との評もある。

昨春、水野出羽守忠成《みずのでわのかみただあきら》の死によって老中首座の地位を得てからは、賄賂の多寡《たか》で幕政の風向きが変わる素地をつくった。「能無しの田沼意次《たぬまおきつぐ》」と揶揄《やゆ》する者もいる。幕閣でも良心のある御歴々からは、あきらかに疎《うと》んじられていた。

「幕閣の評議においては、御老中の水野越前守《えちぜんのかみ》さまを筆頭に反対意見もいくつか出されたが、周防守さまは頑《がん》として受けつけず、押しきっておしまいになられた。頑《かた》なに銭貨改鋳を主張なされたのには裏があると、内々に教えてくださったお方がおられる。教えてつかわそう。それはな、寺社奉行の脇坂中務大輔さまじゃ」

「脇坂さまが」

「さよう。わしの知るかぎり、中務大輔さまほど忠義に篤《あつ》い名君はおられぬ」

齢六十九、播磨《はりま》龍野藩第八代藩主の脇坂中務大輔安董は、若いころから弁舌《べんぜつ》爽やかで男ぶりもよく、賤ヶ岳七本槍《しずがたけしちほんやり》のひとりとして名高い甚内《じんない》（脇坂）安治《やすはる》譲りの豪胆さを秘めた人物であった。

公方家斉の目にとまり、二十五歳で寺社奉行に登用されてからは、その辣腕《らつわん》ぶりを遺憾《いかん》なく発揮し、破戒坊主たちを恐懼《きょうく》させた。なかでも、不逞《ふてい》な住職と大奥女中たちとの密通をあばいた谷中延命院《やなかえんめいいん》の一件では、おおいに名を馳《は》せた。今から六年前、寺社奉行への復帰を果たした際は、江戸じゅうの破戒坊主たちが怖《おそ》れをなして夜も眠れなくなったという。

「中務大輔さまは幕閣の良心じゃ。正義を司《つかさど》る清廉さを上様も高く評価しておられる。一刻も早く御老中に抜擢《ばってき》され、幕政の舵《かじ》取りをしていただきたい。それがわしの本心でな、幸運にも先だって存念を申しあげる機会を得たが、中務大輔さまは笑っておられたわ。さような野心は持ちあわせぬとな」

老中はやり甲斐《がい》のある役目だが、寄る年波《としなみ》には勝てぬ。

「ご自身としては、水野越前守さまのご手腕に期待しているので、陰になり日向《ひなた》になり支えていく所存だと仰せになった。ふふ、そうした内々の席で、周防守さまの専横《せんおう》ぶりも槍玉にあがったのよ」

　當百銭の導入によって、私腹を肥やしている節《ふし》があるという。

「銭貨の改鋳によって利を得るのは、何といっても銭両替商《りようがえしよう》じゃ。中務大輔さまはな、浜田藩の留守居《るすい》役が銭両替商の肝煎《きもい》りと頻繁《ひんぱん》に会食をかさねている事実を摑んでおられた。からくりは単純じゃ。當百銭の鋳造と引換に、浜田藩は銭両替商から莫大《ばくだい》な賄賂を得たのよ」

　浜田藩の江戸留守居役は校倉勝茂《あぜくらかつしげ》という老臣で、周防守の知恵袋として知られる人物だった。一方、銭両替商の肝煎りは、日本橋《にほんばし》の駿河町《するがちよう》に大店《おおだな》を構える山吹屋《やまぶきや》甚兵衛《じんべえ》であるという。

「それだけではないぞ。脇坂さまは、巷間で『六文銭』と呼ばれる群盗どもとの関わりも疑っておられた。市中の寺社などから銅を盗み、贋銭を密鋳せんとする不届きな輩じゃ。じつを申せば、怪しい連中に目星をつけ、ふたりの密偵《いぬ》を潜りこませておったらしい。ところが、あいついで正体をあばかれ、ふたりとも消されてしまった。よって、群盗との関わりはわからず、山吹屋から賄賂の渡った確たる証拠《あかし》もない。なにしろ、相手は老獪《ろうかい》な周防守さまじゃ。証拠なんぞ、いくらでも隠蔽《いんぺい》できる。されど、指をくわえてみているわけにもいかぬ。今も知らぬところで、大金が飛びかっておるのじゃからな」

一刻も早く禍根《かこん》を断たねばならぬと、おそらく、脇坂中務大輔から打診されたにちがいない。

橘は座りなおし、きゅっと襟《えり》を正した。

「おぬしを呼んだのは、お役目を課すためじゃ。校倉勝茂と山吹屋を始末いたせ」

「お待ちを」

禍根を断つというのなら、なぜ、老中首座の周防守を斬れと言わぬ。

「そこまでは望まぬ。一国の領主ゆえな。周防守さまには、すみやかに身を引いていただければそれでよい」

「あいや、お待ちを」

「何じゃ」

橘は不機嫌な顔を向けてくる。

それでも、蔵人介は怯《ひる》まない。

「お役目とは、どういうことにござりましょう」

「ふん、それか。幕閣に諮《はか》り、組織《しくみ》を変えたのじゃ。本日より、鬼役は御小姓組の直下となる。すなわち、理由の如何《いかん》を問わず、おぬしはわしの命にはしたがわねばならぬということじゃ」

ぎりっと、蔵人介は奥歯を嚙みしめた。

「口惜《くちお》しいか。なれど、こうでもせねば、おぬしは動かぬ。命にしたがわねば、家族もろとも路頭に迷うしかあるまいぞ。志乃どのには申し訳ないが、情け容赦はせぬ。上様に仕える幕臣なれば、おのれの心情を殺すのもお役目のうちであろう。勝手放題に生きたいのなら、身分を捨て、野《や》に下るがよい。ふふ、怖い顔をいたすな。これでも、おぬしにはずいぶん気を遣っておるのじゃぞ」

小柄な老臣のすがたが、化け物のように膨らんでみえる。

なるほど、野に下る勇気がなければ、命にしたがうしかない。

「五日以内に、校倉勝茂と山吹屋を始末いたせ。よいか、これはおぬしが忠臣として生まれかわる試金石でもあるのじゃ。失敗《しくじ》りは、断じて許さぬぞ」

ぴしっと、鼻先で戸を閉《た》てられた気分だ。

今までのように、悩んでなどいられない。

橘は命じる者で、蔵人介は命を果たす者にすぎぬ。

「信頼という絆がなければ、できぬ役目だとは承知しておる。ゆえに、おぬしとの絆を深めようと、わしなりに腐心《ふしん》しつづけてきた。されど、世の中の動きは疾風《しっぷう》のごときものでな、われらの想像を遥かに超えておる。絆を深める暇《いとま》はないのじゃ。わかってくれるな」

蔵人介は返事をするかわりに、平蜘蛛《ひらぐも》のように平伏《ひれふ》した。

強風の吹きすさぶ断崖《だんがい》に、いきなり、立たされた気分だ。

刺客《しかく》として生きねばならぬ運命《さだめ》を呪《のろ》うしかなかった。

四

五日目の夜。

野に下る決心など、つくはずもない。

家人を明日から路頭に迷わせることはできぬ。

罠《わな》に嵌《は》められた気分だが、橘の焦りもわからんではなかった。

今や、飢饉は全国津々浦々まで蔓延《まんえん》し、江戸市中は食い扶持を求める流れ者で溢れている。盗みや騙《かた》り、辻強盗や辻斬りが日常茶飯事となり、武士も庶民も安心して眠れぬ日々を送っていた。

暗雲の垂れこめた世の中を変革すべく、強い意志を持った指導者と知恵のある側近たちが求められている。幕政に新たな風を吹きこむためには、利に靡《なび》く無能な指導者や阿諛追従《あゆついしょう》に長《た》けた官吏《かんり》はいらない。すみやかに身を引く気がなければ、有無を言わせずに排除する荒療治《あらりょうじ》も必要だった。

佞臣を誅《ちゅう》することが正義なのだと信じ、蔵人介は修羅場《しゅらば》へやってきた。

深川洲崎《ふかがわすさき》の弁財天《べざいてん》、背には夜の海がひろがっている。

「お待ちしておりましたぞ」

公人朝夕人の土田伝右衛門が、石灯籠《いしどうろう》の陰から抜けだしてきた。

広々とした境内《けいだい》の一角には、江戸でも名の知れた料亭の軒行灯《のきあんどん》が灯っている。

「あと小半刻《こはんとき》もすれば、的は料亭から外へ出てまいりましょう。くふふ、ちょうど良い塩梅《あんばい》に、月も叢雲《むらくも》に隠れておりまする。いかがなされた。修羅場にのぞんで、臆《おく》されたのか」

「いいや」

「くふふ、お役目に逡巡《しゅんじゅん》は禁物《きんもつ》でござる」

「わかっておるわ。どうせ、おぬしはいつもどおり、高みの見物としゃれこむのであろう」

「拙者《せっしゃ》は首尾《しゅび》を見届けるのみ、それがお役目にござります」

羨《うらや》ましいとはおもわない。公方のいちもつを摘まねばならぬ公人朝夕人の苦労を知っているからだ。

「ひとつ、申しておかねばならぬことが」

「何だ」

「浜田藩留守居役の校倉勝茂は管槍《くだやり》の名手にござる。ゆえに、いつも槍持ちをひとりしたがえております」

「それがどうした」

的が武士ならば、激しく鎬《しのぎ》を削らねばならぬ場面もあろうし、邪魔だてする供《とも》人《びと》があれば、情け容赦なく斬らねばならぬ。

「ほほ、顔つきが変わりましたな。それでこそ鬼役、矢背蔵人介さまにございます。ほら、あそこに二挺《ちょう》の駕籠《かご》が待機してござる。的の帰路はただひとつ、西へ向かう草生《くさむ》す野面《のづら》の一本道が地獄のとば口となりましょう。ご愛刀は錆《さ》びてござりますまいか」

「余計なお世話だ」

「されば、お先に」

伝右衛門は風となり、暗澹《あんたん》とした闇に消えた。

蔵人介は、柿色の筒袖《つつそで》と伊賀袴《いがばかま》を纏《まと》っている。

重い足取りで参道を進み、鳥居の外へ抜けだした。

すぐに歩みを止め、左右に人影がないのを確かめる。

手馴れた仕種《しぐさ》で襷《たすき》掛《が》けを済ませ、額に鎖鉢巻《くさりはちまき》を結ぶ。

腰にあるのは刃長二尺五寸の来国次《らいくにつぐ》、異様に柄《つか》の長い長柄刀《ながつかとう》だ。

目釘《めくぎ》を抜けば、八寸の抜き身が飛びだしてくる。

その仕込み刃で、何人もの難敵を葬ってきた。

ぐっと腰を落とし、左手の拇指《おやゆび》で鯉口《こいぐち》を切る。

「ふん」

抜刀した。

黒蠟塗《こくろうぬ》りの鞘《さや》から、蒼白《あおじろ》い閃光が放たれる。

梨子地《なしじ》に艶やかな丁字《ちょうじ》の刃文《はもん》、鎺元《つばもと》で反《そ》りかえった腰反りの強い風貌《ふうぼう》は、鑑賞する者の心を魅了する。だが、ひとたび殺気を帯びれば、それは黄泉路《よみじ》へおくる者の魂を奪う凶器と化すのだ。

蔵人介は息を詰め、見事な手さばきで納刀する。

さあ、まいろう。

新たな罪業を背負うべく、野面に一歩踏みだした。
「ん」
丈《たけ》の高い草陰に、何者かの気配がわだかまっている。
公人朝夕人であろうか。
いや、それはひとつの気配ではない。
いくつもの気配が殺気となり、野面の闇に蠢《うごめ》いている。
いったい、何者だ。
疑念を抱いたところへ、駕籠かきの鳴きが聞こえてきた。
「あん、ほう。あん、ほう」
討つべき的を乗せた駕籠が、縦に繋がって近づいてくる。
ふたりの供人が随伴しているので、前方が留守居役の駕籠だろう。
蔵人介は足を踏みだせなかった。
踏みだせば、三《み》つ巴《どもえ》の乱戦になるやもしれぬ。
「それい」
誰かの発した怒声《どせい》とともに、黒装束の一団が飛びだしてきた。
おもわず、蔵人介は身を伏せる。

「くせもの」

供人の声で駕籠が止まり、駕籠かきどもが逃げだした。

後ろの駕籠からは、肥えた商人が転げでてくる。

銭両替商の肝煎り、山吹屋甚兵衛であろう。

前方の駕籠も垂れが捲《めく》れ、白足袋《しろたび》の老臣がすがたをみせる。

校倉勝茂だ。

老中首座の知恵袋と言われるだけあって、風格を感じさせた。

動じる様子を微塵《みじん》もみせず、悠然と賊どもを睨《ね》めまわす。

「槍を持て」

疳高《かんだか》い声で供人のひとりを呼びよせ、直刃《すぐは》の管槍を貰いうけた。

黒頭巾で顔を覆った賊は十人余り、空駕籠《から》を取りまいた輪を徐々に狭《せば》めていく。

蔵人介は中腰になり、しばらく様子を窺《うかが》うことにした。

校倉の疳高い声が響く。

「浜田藩六万一千石の留守居役と知っての狼藉《ろうぜき》か」

「ぬへへ、老いぼれが寝惚《ねぼ》けたことを抜かしやがる」

賊のひとりが、一歩踏みだした。

どうやら、一団の頭目らしい。

蜘蛛のように手足の長い男だ。

ただの追いはぎなのか、それとも刺客なのか、判然としない。

「校倉勝茂に山吹屋甚兵衛、當百銭で甘《あめ》え汁を吸う気だろうが、そうはさせねえぜ。へへ、おめえらにゃ仲良くあの世へ逝ってもらう」

「刺客か。誰に命じられたのじゃ」

「聞かねえほうがいい」

「ん、何だと」

「へへ、飼い犬が主人に隠れて私腹を肥やしちゃいけねえ。そいつがばれたら、待っているのは三途の川の渡し舟だ。校倉さんよ、あんたは組む相手をまちげえた。後ろで脅《おび》えてんのは古い神輿《みこし》に担がれた強欲爺でな、そいつが死んで喜ぶやつはごまんといる。さあ、自分だけ儲けようとしたツケを払ってもらうぜ」

「……ぬう、下郎《げろう》め」

校倉は怒りに震えていた。

供人ふたりは刀を抜いたが、腰が完全に引けている。

「それっ、殺《や》っちまえ」

頭目の合図で、刺客どもが一斉に刀を抜いた。

わっと四方から襲いかかり、供人ふたりをあっというまに斬りたおす。

だが、校倉は槍の名手だけに、そう容易《たやす》くはいかない。

「ぬえい……っ」

刺客のひとりが、咽喉を串刺しにされた。

ずぼっと引きぬいた管槍を頭上で旋回させ、校倉はふたり目のこめかみに石突《いしづ》きを叩きこむ。

「ずりや……っ」

藁人形《わらにんぎょう》のように吹っ飛ぶ屍骸《むくろ》には目もくれず、正面から来る敵の胸板に狙いをつけ、見事に貫いてみせた。

「ぬむっ」

だが、刺突《しとつ》が深すぎて容易に抜けなくなる。

死にかけた刺客も管槍のけら首を握ったまま、離そうとしない。

「こやつめ、離さぬか」

押しても引いても、埒《らち》が明かぬ。

校倉はうろたえ、顔を茹《ゆ》で海老《えび》のように染めあげた。

そこへ、頭目が身を寄せる。

「莫迦《ばか》め」

命乞いの暇すらない。

上段の一撃が闇を裂いた。

「ぐひぇっ」

断末魔の叫びが、叢雲に吸いこまれる。

校倉勝茂は、両腕の肘《ひじ》から先を失った。

夥《おびただ》しい血を噴《ふ》きながら、仰向《あおむ》けに倒れていく。

一方、輪切りにされた両腕は、刺客の胸に刺さった管槍の柄を握ったままだ。

刺客は屍骸となっても弁慶のように立ちつくしていたが、頭目によって蹴倒された。

「さあて、つぎはおめえだ」

山吹屋が膝立ちになり、念仏を唱えだす。

「……か、堪忍《かんにん》してくれ」

「いいや、堪忍できねえ」

頭目は唸《うな》り、銅銭をばらまいた。

「ほら、くれてやるぜ。三途の川の渡し賃だ」

「やめてくれ。頼む、命だけは」

つぎの瞬間、肥えた商人の首がぼそっと落ちた。

「ざまあみろ」

頭目は血の滴《したた》る刀身をうっとり眺め、死んだ手下の屍体を集めさせる。

そして、かさねた屍体に油を撒《ま》き、火を放った。

炎に照らされた横顔は、黒頭巾に包まれている。

だが、笑っているようにもみえた。

「無残《むざん》な」

蔵人介は吐きすて、腰を浮かせかける。

そのとき、誰かの手が肩に触れた。

振りかえれば、公人朝夕人がうずくまっている。

「今さら、じたばたしても遅うござる。まんまと先を越されましたな」

嘲笑《あざわら》う眸子《まなこ》には、燃えあがる炎が映っている。

誰にたいして、というのではない。

後れをとった自分にたいして、蔵人介は怒りをおぼえた。

五

三日経ったが、刺客たちの行方は杳《よう》として知れない。

足跡を追ったはずの公人朝夕人からも、連絡は途絶えていた。

もしかしたら、橘右近から見放されたのかもしれない。

そうだとすれば願ってもないはなしだが、関わったことの顚末《てんまつ》だけは見届けておきたかった。

――飼い犬が主人に隠れて私腹を肥やしちゃいけねえ。そいつがばれたら、待っているのは三途の川の渡し舟だ。

頭目らしき男の吐いた台詞《せりふ》が、繰りかえし頭に浮かんでくる。

校倉勝茂の「飼い主」は、言うまでもなく、松平周防守康任だ。知恵袋の校倉が死ねば、周防守は途方に暮れるにちがいない。あわよくば一線から身を退《ひ》くことを期待し、校倉の命を狙う者があっても不思議ではなかった。

ところが、頭目の口調から推《お》すと、飼い主の周防守自身が刺客を放ったとも受けとられる。校倉が山吹屋と結託し、秘かに私腹を肥やしていたことが、どうやら、その理由らしい。

いずれにしろ、當百銭の改鋳がもたらした惨劇であった。

人間のかぎりない欲望が、恨みや諍《いさか》いを生じさせるのだ。

しかし、たとえ、多くの血が流されようとも、鬼役の自分にできることはかぎられている。殺伐としたこの世に平穏をもたらしたいと願っても、毒を啖って死ぬ運命の者に何ができるというのか。

深く考えれば、虚《むな》しさが募るだけだ。

淡々と役目をこなしていく以外に道はない。

蔵人介は、涼しげな青磁《せいじ》色の着流し姿で神楽坂をのぼっていた。

夕風に袖を靡《なび》かせ、実父の叶孫兵衛《かのうまごべえ》が亭主におさまった小料理屋へ向かっている。

忠義一筋に生きた反骨漢の孫兵衛は、ありもしない千代田城の天守を三十有余年も守りつづけた男だ。

妻を早くに亡くし、番町《ばんちょう》の御家人《ごけにん》長屋で幼い蔵人介を育てあげた。息子を旗本の養子にするという夢は叶えたものの、蔵人介が養子に出されたさきは、誰もが敬遠する毒味役の家だった。

長いあいだ、孫兵衛はそのことを気に病んでいたが、およういう美人女将《おかみ》の見世を手伝うようになってからは、人が変わったように明るくなった。

「父上も侍を捨てて、もう五年か」

ときの経過は早い。

庖丁人《ほうちょうにん》として腕をふるう実父に、気難しい天守番の面影はなかった。

坂の途中で横道に逸《そ》れ、櫟《くぬぎ》や小楢《こなら》が木陰をつくる小径《こみち》をしばらく進む。

左右には大小の屋敷が建ちならび、まっすぐ進めば軽子坂《かるこざか》へ抜けるあたりだ。

蔵人介は四つ目垣に囲まれた簀戸門《すどもん》を抜け、吊荵《つりしのぶ》の下がった瀟洒《しょうしゃ》なしもた屋の敷居を跨《また》いだ。

庖丁で俎板《まないた》を叩く小気味良い音がする。

「おう、来たか」

待ちかねていたように、孫兵衛が笑った。

「鐵太郎《てつたろう》はどうしておる」

「素読《そどく》が下手で、よく叱られております。剣術のほうも筋が今ひとつのようで、のろまの亀と悪童どもにからかわれる始末、はたして、あれで矢背家を継ぐことができるのかどうか、行く末が案じられますな」

「ぬふふ、今からあきらめてどうする。できそこないほど鍛え甲斐があろうというものじゃ」

「父上にも、算盤《そろばん》か何かをお教えいただきましょうか」

「えっ」

「お暇ならのはなしですが」

孫兵衛は、心から嬉しそうな顔をする。

身分のちがいがあるとはいえ、鐵太郎は血の繋《つな》がった孫だ。孫に会う口実ができれば、これほど楽しみなことはなかろう。

蔵人介は折りをみて、鐵太郎を見世に連れてこようとおもった。

「そういえば、半刻ほどまえ、蟹《かに》が顔を出しよったぞ」

「蟹とは、串部六郎太《くしべろくろうた》のことでござりますか」

「そうよ。あの横幅に、がにまた歩き、蟹のほかに喩《たと》えようもないわ。あやつ、四両二分で雇っておるそうじゃの。直参《じきさん》ではなく、そもそもは陪臣《ばいしん》なのであろう」

「雇って七年経ちます。今さら、それを聞いてどうなさる」

「どうもせぬが、何とのう、態度がでかい」

「ぬはは、粗忽者《そこつもの》にござる。無礼があったならばお許しを」

ぺこりと頭《こうべ》を垂れると、孫兵衛はまんざらでもない顔になる。

「おぬしがおらぬと知った途端、忙《せわ》しなげに出ていきよったわ。ありゃ、串刺しにしても食えそうにない男じゃな」

「柳剛流《りゅうごうりゅう》の達人ですよ」

「臑斬《すねぎ》りか」

「ええ」

「誰かの臑を刈ったことはあるのか」

「さあ」

とぼけてみせたところへ、女将のおようが顔を出した。

「あら、おいでなされまし」

若い時分は柳橋《やなぎばし》で芸者をやっていたというだけあって、妖艶《ようえん》さと気品《きひん》を兼ねそなえた女性だ。孫兵衛が一目惚れしたのも無理はない。

おようは手際よく、酒肴の仕度をしはじめる。

客をあしらう空間は狭く、鰻《うなぎ》の寝床のようだった。

孫兵衛やおようと対座できる細長い床几《しょうぎ》の片隅には、赤い金魚の泳ぐびいどろ鉢が置いてある。

「筑土八幡《つくどはちまん》の縁日で求めたのですよ」

おようは小首をかしげて微笑み、吉野杉《よしのすぎ》の香《か》が匂いたつ上等な下り酒を盃《さかずき》に注《つ》いでくれた。

孫兵衛はこちらに背を向け、背開きにした鰻を炭火で焼きはじめる。

立派な大きさから推すと、深川で獲れた鰻であろう。

蔵人介は鼻をひくつかせ、香ばしい匂いを吸いこむ。

おようは鰻ではなく、炭のはなしをしはじめた。

「鎌倉河岸《かまくらがし》には炭市が立っておりますけど、今年は売れ行きが芳《かんば》しくない様子で」

「冬場の備長炭《びんちょうたん》を買う金があるなら、今日明日の米を買ったほうがいい。そう考える金持ちが増えたってことでしょう」

「お米だって、目の玉が飛びだすほどお高いんですよ」

おようは困った顔をつくり、箸で黒豆を摘《つま》んで猪口《ちょく》に分ける。

ほかの小皿には、芋茎《ずいき》の胡麻和《ごまあ》えや焼き茄子《なす》を胡麻酢で和えた茄子膾《なます》などが載っていた。

「夏はつとめて黒いものをとるようにいたせ」

と、孫兵衛が物知り顔で諭《さと》す。

「黒豆は解毒の薬じゃ。黒胡麻は腎《じん》に効く。鰻、鯰《なまず》はいずれも滋養がつくし、蜆《しじみ》や栄螺《さざえ》は寿命を延ばす薬じゃ。からだを健《すこ》やかに保ちたければ、何と言っても玄米がお薦めよ」

「あらあら、釈迦《しゃか》に説法とはこのことですよ」

おようにからかわれ、孫兵衛は照れくさそうに笑う。

蔵人介は、養子に出された日のことをおもいだした。

孫兵衛は何日も寝ずに悩んだせいか、目の下に隈《くま》をつくりながら、養父の信頼に喝破《かっぱ》された逸話《いつわ》を教えてくれた。信頼は毒味の意義を懇々と説きつつ「武士《もののふ》が気骨を失った泰平の世にあって、命を懸けねばならぬお役目なぞほかにあろうはずもなかろう」と、語気も荒く言いはなったという。

「おい、どうした。何を考えておる」

我に返ると、目のまえに孫兵衛の皺顔があった。

「あんまり根《こん》を詰めると、ろくなことはないぞ」

すっかり好々爺《こうこうや》となった実父は、暗殺御用など知る由《よし》もない。

唯一、忌《い》まわしい過去を知る者は、用人《ようにん》の串部六郎太だけだ。

その串部が、見世に戻ってきた。

がにまたで敷居をまたぎ、隣の明樽《あきだる》に座る。

「殿、遅いお着きで」

「ふむ。どうだ、賊の行方はわかったか」

「いいえ、まったく」

「まあ、呑め」

「は」

蔵人介が酌をしてやると、串部は三杯たてつづけに盃を干した。

「ぷはあ、下り物の御酒《ごしゅ》はたまりませぬな」

途端に孫兵衛が苦い顔をつくる。

串部は気に掛ける様子もなく、黒豆を箸で摘んで口に抛《ほう》りこんだ。

「されど、殿。ひとつ、引っかかることが」

「何だ」

「駿河町にある山吹屋の土地家屋が、早くも他人《ひと》の手に渡りかけております」

「何だと」

「買い手は芝西久保《しばにしくぼ》の高利貸しで、但馬屋藤八《たじまやとうはち》と申します」

「ふうん、高利貸しが駿河町の広大な家屋敷を手に入れるのか」

「それがこの但馬屋、妙なことに半月ほどまえ、銭両替商の鑑札《かんさつ》を入手しております」

「ほほう。すると、いきなり日本橋のまんなかに躍りだし、銭両替商をやりはじめるというわけだな」

「喪が明けたら、さっそく、沽券《こけん》状の受け渡しがおこなわれるとの由。山吹屋には内儀《ないぎ》も跡取りもおります。ふたりを納得させるのは容易ではなかったはず。相場の三倍で沽券状を買ったとの噂もござりますが、なにぶん、事が急すぎる。あたかも、山吹屋甚兵衛の死を待っていたかのような迅速《じんそく》さにござります」

「たしかに、怪しいな」

鰻の蒲焼きを肴に、酒もかなりすすんだころ、おようが素焼きの丼《どんぶり》をふたつ出してくれた。

「冷やし汁をどうぞ」

「ふふ、夏はこれよ」

蔵人介は、舌なめずりしてみせる。

食欲の湧《わ》かない暑い季節には、冷やし汁がいちばんだ。

作り方はいたって簡素で、まずは味噌を焦げ目がつくまで焼き、焼き味噌を冷水で溶かす。そして、半月切りの胡瓜《きゆうり》や針に切った生姜《しようが》や千切《せんぎ》りの茗荷《みようが》といった具を丼に入れたあと、冷水で溶かした味噌を注ぐ。それで、できあがりだ。

「いやあ、美味《うま》い」

串部は冷やし汁をかっこむと、孫兵衛への挨拶もそこそこに、見世から飛びだしていった。

「粗忽な蟹め」

「父上、あれが串部にございます。ひとつのことに関わると、まわりに気が向かなくなるのでござる。どうか、大目にみてやってくだされ」

蔵人介もゆっくり腰をあげ、孫兵衛とおようにに礼を述べて見世を去る。

四つ目垣を抜けて外へ出ると、おようが駒下駄《こまげた》を鳴らしながら追いかけてきた。

「お待ちくだされ。お父さまがこれを」

白い掌《てのひら》を開き、黒いかたまりを差しだす。

毒消しの特効薬、熊胆《ゆうたん》だ。

「ありがたい」

父の心遣いが身に沁《し》みる。

孫兵衛の寄る辺《よるべ》でもあるおように向かい、蔵人介は深々と頭を下げた。

六

二日後の夕刻、役目を済ませた下城の折りに、いつもの桜田御門《さくらだ》へは向かわず、大手御門《おおて》から常盤橋御門《ときわばし》を経て駿河町まで足を延ばした。

沽券状を売った山吹屋が気になったのだ。

駿河町界隈には越後屋《えちご》などの大店《おおだな》が軒を並べ、行き交う人の数は多い。

ところが、山吹屋の一角だけは閑散としており、閉めきられた板戸には「忌中」の紙が貼られていた。

脇の露地《ろじ》に踏みこむと、抹香臭《まっこう》さが漂ってくる。

「線香でもあげさせてもらうか」

何の気なしに、そうおもった。

纏《まと》った裃《かみしも》は黒を基調にした紗綾形小紋《さやがたこもん》だし、数珠《じゅず》はいつも持ちあるいている。

無礼にはあたるまい。

勝手口から内を覗《のぞ》いてみると、老女が立っていた。

「何か御用で」

「ちと、線香をあげさせてほしいのだが」

「こちらへどうぞ」

老女は能面のような顔で応じ、床を静かに滑っていく。

廊下をいくつか曲がり、導かれたさきは仏間だった。

「どうぞ」

「ふむ」

敷居をまたぎ、仏壇のまえに座らされた。

すでに、山吹屋甚兵衛の遺体は埋葬されたのだろう。

焼香台だけが置かれ、香の煙が立ちのぼっている。

「ご内儀か」

「はい」

「お悔《く》やみいたす。拙者、御膳奉行の矢背蔵人介と申す者にござる」

「ご直参であられますね」

「いかにも」

そこからさきのことばが出てこない。

なにしろ、引導《いんどう》を渡しかけた相手の死を弔《とむら》おうとしているのだ。

妙な気分になりながらも、焼香をおこない、経まで唱えた。

内儀に向きなおり、あらためてお辞儀《じぎ》をする。

「さぞ、口惜しゅうござろうな」

内儀は眉間《みけん》に癇筋《かんすじ》を立て、冗談ではないという顔をしてみせた。

妙だなとおもい、蔵人介は膝を躙《にじ》りよせる。

「ひとつ、お聞きしてもよろしいか」

「何でござりましょう」

「この店は人手《ひとで》に渡ると聞いたが」

「さようにござります」

「思い入れのある家屋敷を売るのか」

「思い入れなんぞ、ござりません」

「えっ、どうして」

内儀は少しためらい、意を決したように喋りだす。

「主人は、子を産めぬわたくしの死を望んでおりました」

「えっ」

「どうか、お聞きくだされ。若い妾《めかけ》に子を産ませ、その子を跡取りに決めたときから、夫婦の仲は冷えきったものになりました。妾腹《しょうふく》の子に身代《しんだい》を乗っとられるくらいなら、何から何まで売っ払ったほうが、いっそすっきりいたします」

「それで、店を手放すことに」

「はい。いの一番に買いたいというお方がありましたもので、お約束を取りかわしたのでございます」

売った金子《きんす》を元手に、向島《むこうじま》あたりで小料理屋でも開くつもりだと、内儀は淋しげに微笑んだ。

蔵人介は突然の来訪を詫《わ》び、山吹屋をあとにした。

空は茜《あかね》色に染まっている。

夕照《せきしょう》を浴びた千代田城の甍《いらか》が、燃えているかのようだ。

夕富士でも拝もうと、蔵人介は日本橋へ向かった。

着いてみるともう日没で、あたりは暗さを増している。

ひとが彼岸《ひがん》とのあわいに紛れこむ逢魔刻《おうまがとき》、珍妙な光景に出会《でくわ》した。

人目も憚《はばか》らず、擬宝珠を根こそぎ盗もうとしている男がいたのだ。

全身汗だくになって、鋸を挽《ひ》いている。

「おい、何をしておる」

背後から迫り、首根っこを押さえつけると、男は借りてきた猫のようにおとなしくなった。

「堪忍してくだせえ。お役人さま、あっしは擬宝珠を盗もうとしているんじゃやねえ。土用掃《どようば》きのついでに、古いのと新しいのを交換するんでさあ」

などと、もっともらしい嘘を吐く。

すぐにそれと見破ったが、あまりの必死さにほだされ、手を離してやる。

「安心しろ、わしは不浄役人ではない」

「へっ、それじゃどなたさまで」

「市ケ谷御納戸町《いちがやおなんどまち》に住む貧乏旗本だ」

「貧乏旗本の殿さまが、何で日本橋なんぞに」

「夕富士を拝みたくなってな」

「それはまた、酔狂《すいきょう》なこって」

「無礼なやつだな」

「それが唯一の取り柄《とえ》でして」

「名は」

「河童の五平と申しやす」

「ちと、気が変わった。不浄役人ではないが、わしも公儀《こうぎ》の禄《ろく》を喰《は》む幕臣の端くれだ。このまま、見逃すわけにはいかぬ」

「お見逃しくだせえ。このとおりでごぜえやす」

五平は平伏し、地べたにぺったり額をつける。

蔵人介は腰を屈《かが》めた。

「戯《たわむ》れてみただけさ。顔をあげろ」

「へっ」

「おぬし、嘘を吐いておるな。ほんとうは擬宝珠を盗む気であろう」

「と、とんでもねえ」

「番屋《ばんや》には突きださぬゆえ、正直に吐いてみろ」

「喋ったら、嬶《かか》ぁとガキの命がありやせん」

「聞き捨てならぬな」

蔵人介は目をほそめる。

「狙いは擬宝珠の銅か」

「へ、何でおわかりに」

「集めた銅は炉で溶かし、贋銭をつくる気であろう」

「まったく、そのとおりでやんす」

「やっぱりそうか。古銅は吹きかえれば銭貨の材料となる。橋の金物、門の金物、銅瓦、銅樋《どうひ》、なまり瓦、社堂《やしろどう》の金物を外して売却したり、密売すると厳科に処すと、触書《ふれがき》にも銘記されておる。おぬし、端金で雇われ、銅を盗んでおるのだな」

「い、いいえ、あっしは炉の番をしておりやす。日本橋の擬宝珠を盗んでこいと、連中が遊び半分に命じやがったんでさあ」

「連中とは」

肝心な問いを放ったところへ、後ろから人の気配が迫った。

蔵人介は五平から鋸を奪い、ひょいと川へ抛る。

振りむけば、黒羽織《くろばおり》の小銀杏髷《こいちょうまげ》が立っていた。

「もし、どうかなされたか」

瓜実顔《うりざね》に切れ長の鋭い眸子、中堅の同心だった。

五平は脅えきり、膝頭をがたがた震わせている。

「いかにも怪しい男でござるな。おや、擬宝珠を鋸で挽いた痕跡があるぞ」

「待たれよ」

蔵人介は、凛《りん》とした口調で応じた。

「この男は何もしておらぬ。おそらく、擬宝珠の傷は別の小悪党がつけたもの」

「なるほど、そういえば鋸を持っておらぬな。失礼ながら、どちらさまで」

「本丸御膳奉行の矢背蔵人介と申す」

「これはおみそれいたしました。けっして、お旗本のお顔を潰《つぶ》すつもりはございませぬが、この男、番屋で聞きたいことが二つ三つございます」

「さようか。ならば、わしも同道しよう」

「いいえ、それにはおよびませぬ。住まいを聞いたら、解きはなちにいたしますゆえ」

「承知した。されば、穏便にお願いいたす」

「お任せを」

五平を引ったてる役人に問いかける。

「貴殿は、橋同心であられるか」

「いいえ、古銅吹所の見廻り同心にござる」

「古銅吹所とは、本所横川町の」

「よくご存じで。申し遅れましたが、石原輝之進《いしはらてるのしん》と申す軽輩にございます」

「これはご丁寧に」

「以後、お見知りおきを」

石原は五平の腕を取り、軽く礼をして通りすぎていく。

橋向こうに去る後ろ姿は細長く、やたらに手足が長い。

どこかで見掛けたような気もしたが、蔵人介はおもいだせなかった。

七

御納戸町の家に戻ってみると、志乃の叱責《しっせき》が響いていた。

「振りが甘い。あと五十回。しょぼくれた顔をするでない、それっ」

簀戸を抜けて庭にまわると、鐵太郎が汗まみれで竹刀《しない》を振っている。

白鉢巻に襷掛けの志乃がかたわらで竹刀を握り、仁王《におう》立ちになっていた。

蔵人介には目もくれず、剣術指南に精力を注いでいる。

鐵太郎は今にも泣きだしそうだ。

九つが終わって十になれば「つ離れ」と称し、武家の男子はさまざまな素養を身につけねばならない。武芸もそのひとつで、近頃は連日のように、祖母による厳しい稽古がつづいていた。

「いったい、この子は誰に似てしまったのでしょう」

志乃が嘆くとおり、鐵太郎は今のところ才気《さいき》の片鱗《へんりん》もみせていない。

祖母は薙刀の名手で父は居合の達人、母は弓を取らせれば海内一《かいだいいち》と評される武芸一家にもかかわらず、からだの動きが鈍く、呑みこみも遅いのだ。

それならば、学問ができるかといえば、こちらもからっきし駄目で、素読などを聞いていると、咽喉に飯がつかえたような気分になる。

「きえい……っ」

志乃が雄叫《おたけ》びをあげた。

鐵太郎もこれを手本に、気合いを発する。

「きえい……っ」

健気《けなげ》に努力する様子があまりに哀れで、蔵人介は余計な口を挟んでしまう。

「養母上《ははうえ》、もうそのくらいで」

やにわに、怒声が飛んできた。

「黙らっしゃい。当主がわが子に甘い顔をみせてどうする」

志乃は歩みより、竹刀を抛ってよこす。

「範《はん》を示せ。素振り三百回じゃ。それが済んだら、仏間へ来られよ」

「えっ」

詮方《せんかた》あるまいとおもいなおし、諸肌《もろはだ》脱ぎで素振りをはじめる。

哀れな父のすがたを、鐵太郎は済まなそうな顔で眺めていた。

どうにか素振りを済ませると、鐵太郎が豆絞りの手拭《てぬぐ》いを差しだしてくれた。

全身の汗を拭い、居ずまいを正す。

「されぱな」

「はい」

短い会話で、父子の絆を確かめあう。

——ご武運《ぶうん》を。

合戦場へおもむく武将のごとく見送られ、蔵人介は仏間へ向かった。

襖障子《ふすましょうじ》を開けると、志乃と幸恵《ゆきえ》が仲良く並んで待ちかまえている。

ふたりの面前には三方が置かれ、懐紙のうえに五枚の小判が輝いていた。

「それは」

問いかけると、無言で着座を求められる。

座った途端、幸恵が畳に両手をついた。

「ふつつかな嫁をお許しくださりませ」

藪から棒に謝られても困る。

「ご存じのとおり、わたくしは曲がった道も四角に歩く徒士目付《かちめつけ》の娘、貧《ひん》しても侍の矜持《きょうじ》を失ってはならぬと、幼いころより教えこまれてまいりました。にもかかわらず、あまりの空腹に耐えかね、みずからを見失ったのでござります」

「団子《だんご》でも盗んだのか」

「まさか」

「されば、どうした」

「ご近所に引っ越してこられた川路さまの奥さまから、芝西久保の八幡宮は金運のご利益が群を抜いているとお聞きし、さっそく詣《もう》でたところ、本殿の柱に金貸しの引き札が貼ってござりました。何と、五両借りて月の利息が百二十五文と書いてござります。あまりに安い。これは天啓《てんけい》かもしれぬとおもい、引き札にあった金貸しを訪ねてしまったのでござります」

隣の志乃が口を出す。

「魔がさしたと申すしかあるまい。幸恵さんは勝手のやりくりに困り、うっかり、金貸しから借金をしてしまわれたのじゃ」

「それがその五両でござるか」

「市中の金貸しから借金をするなど、武家にあるまじきおこないじゃ。これほど恥ずかしいこともないが、幸恵さんの気持ちもわからぬではない。そこまで嫁を追いこんだ当主こそ、責めを負わねばなりませぬ」

「えっ、拙者《せっしゃ》が」

「そうじゃ。鬼役が実入りの少ないお役目だというのは承知しておる。されど、清貧に甘んじてばかりが侍の生き方ではござりませぬぞ」

「養母上、拙者にどうせよと」

「副業で稼ぎなされ。ただし、みっともないまねをしてはならぬ。傘張りや大道芸のたぐいはもってのほかじゃ。みずからの才覚を信じ、知恵を絞るのじゃ」

商人でもあるまいし、金稼ぎの良い知恵など浮かんでこない。

できぬとわかっていながら、志乃も無理なことを口にせねばならぬほど、矢背家の台所事情は逼迫《ひっぱく》しているのだ。

「こうなれば、串部にやめてもらわねばなりません」

「お待ちを。串部をやめさせたら、出仕の折りの供侍《ともざむらい》がいなくなります」

「案山子《かかし》でも連れていけばよい」

「ご冗談を」

「冗談ではない」

「やれやれ」

蔵人介は大きな溜息を吐き、三方に目をやった。

「借りたその五両、どういたします」

すかさず、幸恵が応じた。

「できれば、利息無しでお返し申しあげたいと」

「難事だな。金貸しというものは、ひと筋縄ではいかぬ相手だ。借りて一日でも経過しておれば、法外な利息を要求されるやもしれぬ」

「そこを何とか」

「わしに返してこいと申すのか」

困りきった幸恵に、志乃が助け船を出す。

「さりとて、幸恵さんを行かせるわけにはゆくまい。潔《いさぎよ》く、おぬしが返してまいれ」

「はあ」

損な役まわりを背負わされたが、ここで恩を売っておくのもわるくない。

不機嫌な顔でうなずくと、幸恵が弱々しい手つきで証文の写しを寄こす。

蔵人介は写しを手に取り、さっと目を走らせた。

「担保無しの素金《すがね》、五両借りて月に百二十五文の利息か」

たしかに、安い。法度《はっと》で定められた利子の半分だ。

ただし、そこは高利貸し、種も仕掛けもちゃんとある。

写しの最後に、小さな字で「別途筆墨料《ひつぼくりょう》あり」と記されていた。

「これはまいった。おふたりとも、ここに筆墨料とござりますぞ」

「何ですか、それは」

口を揃《そろ》えるふたりの顔を、穴が開くほどみつめる。

「ご存じないとは、二度びっくりですな。筆墨料とは、貸し手の裁量で得手《えて》勝手《かって》に請求できる手間賃にござる。五両一と呼ぶ高利貸しが借り手を騙《だま》すときの手管《てくだ》にほかなりませぬ」

志乃が目を瞠《みは》った。

「すると、この五両は高利貸しの金子と申すのか」

「さようにござる」

「ふうむ、謀《はか》られたか」

そんなことは誰でも知っている。

世間知らずも甚《はなは》だしい。

怒りを通りこして、笑いたくなってくる。

何気なく、貸し手のところに目をやった。

「あっ」

墨痕《ぼっこん》も鮮やかな字で「但馬屋藤八」とある。

蔵人介の顔から、すうっと血の気《け》が引いていった。

八

――懺悔《ざんげ》懺悔、六根罪障《ろっこんざいしょう》。懺悔懺悔、六根罪障。

垢離《こり》場《ば》の誦経《ずきょう》を遠くに聞きながら、湯豆腐《ゆどうふ》のことをおもっていた。

両国橋の東詰めには『日野《ひの》屋』という淡雪《あわゆき》豆腐で有名な茶屋があり、水垢離《みずごり》で冷えたからだを暖めるために、夏でも湯豆腐を出してくれる。

この湯豆腐を食べたいがために、勇《いさ》み肌《はだ》の連中にまじって何度か水垢離をやったことがあった。

おおかた、そうした不信心の罰が当たったのだろう。

厭《いや》な役目を押しつけられた。

ただ、おもいがけず、但馬屋を訪ねる口実を得たのも確かだ。

蔵人介は借りた五両と暑気見舞いの手土産に使う久助《きゅうすけ》の吉野葛《よしのくず》を持たされ、増上寺の裏手へ向かった。

盛大な愛宕《あたご》祭が終わったばかりのせいか、芝愛宕下の一帯は間が抜けたように閑散としている。ことに、坂や谷の多い西久保の界隈は人影もまばらで、道を尋ねる相手を探すのにも苦労した。

神谷町《かみやちょう》でうっかり道に迷い、大名《だいみょう》屋敷の門番に但馬屋の所在を尋ねてみた。すると、面前の上《かみ》屋敷をぐるりとまわりこみ、我善坊谷《がぜんぼうだに》から延びる坂道の途中にあるという。

六尺棒を握った門番は「当藩の家紋と同じ永楽《えいらく》銭の看板ゆえ、すぐにわかる」と笑ったが、永楽銭の家紋を持つ藩の名が浮かんでこない。問うのも失礼なので、後ろめたい気持ちで礼を言い、教えられた経路をたどった。

奈落《ならく》の底のような谷へとつづく途中に、なるほど、永楽銭の彫《ほ》られた細長い看板が吊りさがっていた。

高利貸しらしい古びた外観だ。

出入口は正面でなく、脇道をたどった裏手にある。

この見世の主人が、いったい、どうやって駿河町の一等地を買おうとしているのか。

興味を惹かれつつ、狭い間口《まぐち》の敷居をまたいだ。

「ごめん」

声を掛けると、帳場格子《ちょうばごうし》からつっと顔が持ちあがった。

狐顔《きつねがお》の五十男。番頭《ばんとう》だろう。

生首が差しだされたかのようで、薄気味悪い。

「主人《あるじ》に用がある。取りついでくれぬか」

狐は帳場を離れて近づき、上がり框《かまち》の手前で正座する。

「手前が主人の藤八にござります」

「ん、これは失礼」

蔵人介はぺこりとお辞儀をし、紫の袱紗《ふくさ》に包んだ手土産を差しだす。

「久助の葛きりだ。お納め願おう」

「これはまた、高価なものを。されど、なにゆえにござりましょう」

「拙者、矢背蔵人介と申す。世間知らずの家内がさしたる考えもなしに五両の金子をお借りしたと聞き、驚き呆《あき》れて飛んでまいった。ここに五両ある。最初《はな》から無かったはなしにしてほしい」

「なるほど、そういうことでございますか」

但馬屋は帳場に戻り、証文を携えてくる。

「困りましたな。証文によれば、まだ筆墨料の二両を頂戴しておりませぬ」

「待て。借りて三日と経っておらぬであろう」

「お貸しした日数にかかわらず、筆墨料は頂戴しなければなりませぬ。本日お返しいただくのであれば、利息はおまけするとして、しめて七両になります」

「なあるほど、さすが五両一だな」

但馬屋は「だからどうした、文句があるならほざいてみろ」とでも言いたそうな厚かましい態度をしめす。

蔵人介は溜息を吐いた。

「おぬし、根っからの悪党らしいな。はなしは変わるが、駿河町にある山吹屋の家屋敷を買うそうではないか」

「お客さまとは、何の関わりもございませぬ」

「やはり、まことのはなしであったか。あれだけの家屋敷を買うとなったら、千両箱ひとつでは足りまい。それだけの金を、どうやって捻りだすつもりだ。おぬし、打ち出の小槌《こづち》でも持っておるのか」

「持っておるのは、誰にも負けぬ謙虚な心と、お客さまにお仕えする真心のみにござりまする」

「ふん、食わせ者め」

鼻で笑うと、但馬屋は声色《こわいろ》を変えた。

「矢背さまと仰せでしたな。たしか、本丸の御膳奉行であられるとか。公方さまのお毒味役は、鬼役と呼ばれているやに聞いております」

「それがどうした」

「くわばら、くわばら。鬼と呼ばれるお方に逆らえば、いつなんどき災難が降りかかるやもしれませぬ。よって、借金は最初から無かったことにいたします」

「よいのか」

「ええ。そのかわり、帰り道にはお気をつけくださりまし。我善坊谷には得体の知れぬ化け物が棲《す》んでいるやに聞いておりますゆえ」

「何だと」

「くく、戯れ言にござりますよ」

相手のほうが一枚上手だ。

蔵人介は、まんまとしてやられた気分になった。

これ以上粘っても、斬殺された山吹屋のことは何も聞きだせまい。

「されば、退散いたすとしよう」

袂《たもと》をひるがえしたところへ、待ったが掛かった。

「矢背さま、暮らしにお困りのようなら、担保も利息も頂戴せずに、いくらかご融《ゆう》通《ずう》いたしましょう」

「ほう、それはどういう風の吹きまわしだ」

「今後ともご贔屓《ひいき》をたまわりたいと」

「高利貸しと懇意になれと申すのか。なにゆえか、理由《わけ》を申せ」

「ご無礼を承知で申しあげると、矢背という御姓に惹かれました。ちと、調べさせていただいたのでござります」

「ふうん、それで」

「矢背家は京の御所にも繋がる由緒ある御家柄、戦国の御代《みよ》には天皇家の間諜として暗躍し、かの織田信長公をも震撼《しんかん》させたとか。あ、いや、手前は戦国の世をこよなく愛しておりまして、刀剣甲冑《かっちゅう》のたぐいは無論のこと、歴史に関するさまざまな文献も蒐集《しゅうしゅう》しておるのでござります」

「そういえば、看板の永楽通宝は織田家の旗印でもあったな」

「よくおわかりで。驕《おご》れる者は久しからずの喩えどおり、栄枯盛衰《えいこせいすい》はひと夜の夢、華々しく散っていく武将の死にざまこそが、手前を魅了してやみませぬ」

何やら、顔に似合わぬことを抜かす。

蔵人介はふと、永楽通宝が但馬出石《いずし》藩仙石《せんごく》家の家紋であることを思い出した。但馬屋の所在を教えてくれた門番は、出石藩の上屋敷を守っていたのだ。

「つかぬことを聞くが、但馬屋の屋号は出石藩の仙石家と関わりがあるのか」

「いいえ」

但馬屋藤八はきっぱりと否定し、強い眼光で睨《にら》みつける。

嘘を吐いたなと察したが、蔵人介は顔に出さない。

「なかなか、おもしろいはなしを聞かせてもらった。但馬屋、せっかくだが、金は借りぬ」

「残念にござります」

「さればな」

「へえ。またのお越しを、心よりお待ち申しあげております」

心にもない台詞《せりふ》だ。
蔵人介は苦笑いを浮かべ、但馬屋に背を向けた。
星影は足許《あしもと》まで届かない。
我善坊谷の谷底は靄《もや》に包まれていた。
空き地には芥《あくた》が山積みにされ、咳《せ》きこんでしまうほどの悪臭が漂っている。
昼でもひとの寄りつかぬようなところだ。
芥を漁《あさ》る山狗《やまいぬ》の群れが蠢《うごめ》いている。
目を細めると、幾筋かの黒煙が立ちのぼっていた。
炎が燃えている。
もしや、芥を燃やしているのか。
闇に誘われるように、歩を進めた。
炎の正体は、炉のようだ。
いくつもある。
黒煙は夜空をいっそう黒く染め、次第に星空を覆っていく。
——がるる。
二匹の山狗が涎《よだれ》を垂らしながら、正面左右から迫ってきた。

「わしを喰《くら》っても、美味くはないぞ」

蔵人介は足を止め、山狗の襲撃に備える。

ところが、突如、別の黒いかたまりが躍りだしてきた。

真横だ。

「ぬらああ」

刹那《せつな》、凄《すさ》まじい衝撃をおぼえた。

肩口に体当たりされたのだ。

大きな岩がぶつかってきたような感じだった。

「ぬへへ、ちょろいもんだぜ」

黒いかたまりが喋った。

こちらを見下ろしている。

「……だ、誰だ、おぬしは」

三十貫目はありそうな巨漢だった。

蔵人介は、地べたに横たわったまま動けない。

「……く、苦しい」

片手で押さえつけられた首が、どんどん締まっていく。

——我善坊谷には得体の知れぬ化け物が棲んでいるやに聞いておりますゆえ。
薄れゆく意識のなかに、但馬屋の洩らした台詞が蘇《よみがえ》ってきた。

九

真っ暗闇のなかで目を醒《さ》ました。
ここは地獄か。
からだの節々に痛みがある。
頭が割れるほど痛い。
靄のかかった谷底に、山狗の赤い目が光っている。
おもいだした。
我善坊谷で熊のような巨漢に襲われたのだ。
体当たりをかまされ、地べたに倒れた。
力士くずれの通り物であろうか。
いや、但馬屋に雇われた殺し屋にちがいない。
谷底から別のところへ連れこまれ、撲る蹴るの暴行を受けた。

何度も暴行を受けたが、はっきりとした記憶はない。
闇のなかで、自分の骨が軋《きし》む音を聞いた。
「うっ」
身動きひとつできない。
後ろ手に縛《しば》られ、泣き柱に繋がれている。
両足首も縛られ、猿轡《さるぐつわ》まで嚙まされていた。
黴《かび》や埃《ほこり》の臭《にお》いから推《お》すと、蔵の中であろうか。
あるいは、空井戸《からいど》の湿った土のうえかもしれぬ。
ともあれ、命に危険があるのは確かだ。
咽喉が渇いて仕方ない。
「……だ、誰か……み、水を、水をくれ」
喋るのもあきらめかけたころ、ぎぎっと重い扉の開く音がした。
顔を向けると、龕灯《がんどう》の光が射しこみ、人影がふたつあらわれる。
龕灯を提《さ》げて導くほうは、やたらに手足の長い男だ。
見覚えがある。
不浄役人だ。

洲崎弁天でも、日本橋でも見掛けた。

ひょっとして、刺客どもを束ねる頭目は不浄役人なのだろうか。

すっと、龕灯が近づけられた。

眩《まぶ》しくて、咄嗟《とっさ》に目を背ける。

「息を吹き返したな」

やはり、古銅吹所の役人だ。

名は、石原輝之進といったか。

もうひとり、後ろの人物も見知っている。

狡猾《こうかつ》な狐、但馬屋藤八にほかならない。

「いかがいたしましょう」

と、石原のほうが丁寧なことばを使った。

但馬屋はみるからに偉そうで、応じる口調も横柄なものだ。

「そうさな、まずは誰の間者《かんじゃ》か、聞きださねばなるまい」

「これだけ痛めつけても吐かぬなら、死ぬまで吐かぬかもしれませぬぞ」

「さすがは鬼役よ。毒で鍛えているだけあって、ひと筋縄ではいかぬわ。ふほほ」

「掌の竹刀胼胝《だこ》をみれば、剣術のほうもかなりできるのではないかと」

「ためしてみたいのか。されど、おぬしの籠手打ちにはかなうまい」

まんざらでもないのか、石原は胸をつんと張る。

「されば、今一度、痛めつけてみますか」

「そうしてくれ。何なら、箸を持つ手を潰してみるがよい。少しは吐く気になるかもしれぬ」

「こころみてみましょう」

「わしはちと用がある。国元から御家老がお越しでな」

「ほう、それはおめずらしい。何か、火急《かきゅう》の御用でも」

「お城から呼びつけられたのだとさ」

「お城から」

「わしとて、中味までは知らぬ」

但馬屋は困った顔をつくり、腰を持ちあげた。

石原は不敵な笑みを洩らす。

「御家老からご用命があれば、お早めに」

「わかっておる。校倉勝茂のごとき裏切り者は、ことごとく始末せねばなるまい。おぬしを頼りにしておるぞ」

「はは」

どう考えても、但馬屋は武士だ。

しかも、不浄役人を顎で使うことのできる地位にある。

国元の「御家老」とはいったい、誰のことなのだろう。

そして、御家老を「お城」に呼びつけた人物とは、いったい誰なのか。

校倉を「裏切り者」と呼んだところに推察の余地はありそうだが、今の蔵人介には考える気力も湧いてこない。

但馬屋は去り、入れ替わりに巨漢がのっそりあらわれた。

「力丸、こっちだ」

石原に呼ばれ、岩のような体軀の男がやってくる。

あの男だ。

我善坊谷の怪物だ。

恐怖をおぼえ、からだが強張《こわば》ってしまう。

石原が手を伸ばし、猿轡を外した。

「鬼役め、正体を吐けば楽にしてやるぞ」

蔵人介は咽喉に詰まった血痰《けったん》を吐き、掠《かす》れた声を絞りだす。

「わしは間者ではない」

「さようか。まあよかろう。喋りたくなるまで痛めつけてやる」

「待て。なぜ、わしを疑う」

「おぬし、山吹屋の件を知っておったであろうが。奥方まで使って、但馬屋を探ろうとしやがった」

「誤解だ」

「ふふ、信じるとおもうか。おぬしとは日本橋でも会った。われらの動向を嗅《か》ぎまわっておるとしかおもえぬ」

「われらとは何者だ。江戸じゅうの銅を盗む群盗のことか。それとも、邪魔者を片っ端からあの世へおくる刺客どものことか。その両方かもしれぬな。しかも、頭目は古銅吹所の不浄役人ときた」

「よく喋る男だな。右手を潰すまえに、舌でも抜いてやろうか」

石原に爪先で腹を蹴られ、息が詰まった。

額に脂汗《あぶらあせ》が滲《にじ》んでも、蔵人介はめげない。

「……た、但馬屋とは何者だ」

「ほほ、こやつ、死ぬのが怖くないらしい。忍耐強い獲物ほど責め甲斐があるというものよ。たっぷり、楽しませてもらうぞ」

石原の目が、きらりと光った。

と、そこへ。

なかば開いた扉のほうから、手下の声が掛かる。

「頭目、たいへんだ。下っ端がひとり、芥溜《だ》めからとんずらしやがった」

「ちっ」

舌打ちをかまし、石原は袂をひるがえす。

「力丸、そいつを死なせぬ程度に痛めつけておけ」

「へい」

去っていく跫音と引換に、嬉しそうな大男の顔がぬっと鼻先に迫ってきた。

——ばこっ。

挨拶代わりに、拳《こぶし》で一発撲られた。

ここはひとつ、賭けに出るしかない。

蔵人介は鼻血を垂らしながら、そうおもった。

からだが動くかどうかわからぬが、やらねば座して死を待つだけだ。

「おい、でかぶつ。縛った達磨《だるま》を痛めつけて、それほど楽しいか」

「何だと」

「ご覧のとおり、わしは手も足も出ぬ。だから、おぬしは安心なのだ。おぬしは見かけ倒しの木偶《でく》の坊、図体《ずうたい》がでかいだけが取り柄の酒樽野郎だ。ほんとうは臆病《おくびょう》者なのさ。わしのことが怖いのであろう」

「おれさまが、くたばり損ないの毒味役を怖がるだと。ぬへへ、莫迦なことを抜かすんじゃねえ」

「だったら、縄を解いてみろ。怖くないなら、五分と五分で勝負しろ」

「ん」

「できぬか、やはりな。おもったとおりの腰抜け野郎だ。どうせ、相撲も中途で投げだしたにちがいない。土俵を捨てた負け犬め。そうやって、おぬしは負け犬のまま野垂れ死ぬのだ」

「こんにゃろ」

ぼこっと拳で頰を撲られ、頭のなかが真っ白になる。

力丸は身を寄せ、素早く縄を解きはじめた。

よし、腕の縛《いまし》めを解かれたときが勝負だ。

その瞬間がきた。

蔵人介はふいに伸びあがり、力丸の顎に頭突きを食らわす。
――ずこっ。
鈍い音とともに、巨漢が体勢をくずした。
「ぬわっ」
足払いを掛け、地べたに押したおす。
間髪入れず、右手の指で目玉を突いた。
「痛っ……くそっ、みえねえ」
かたわらに転がる棍棒を拾い、力を込めて振りおろす。
――ばこっ。
力丸の脳天がぱっくり割れ、血飛沫《ちしぶき》が噴きだした。
蔵人介は立ちあがりかけ、その場にくずれ落ちる。
からだの自由が利《き》かぬほど、痛めつけられていたようだ。
このまま、泥のように眠りたかった。
が、まだ当面の危機を脱したにすぎない。
足を動かすのもしんどいが、早く蔵から逃げださねば。
そのとき。

ぎっと、扉の軋む音が響いた。

身構えると、小柄な男が忍びこんでくる。

物陰から男の顔を確かめ、ほっと胸を撫《な》でおろした。

河童の五平だ。

どうしたわけか、蔵人介の大小を腕に抱えている。

物陰から抜けだすと、五平は腰を抜かしかけた。

「うひぇっ」

しかも、土間に転がった力丸の遺体をみつけ、声を張りあげそうになる。

すかさず身を寄せ、掌で口を覆った。

「安心しろ。わしは生きておる」

掌を離すと、五平は涙目《なみだめ》で訴えた。

「もう、こりごりだ。旦那、いっしょに逃げてくれ」

「無論だ。わしが捕まっていると、よくわかったな」

「力丸のやつが自慢しやがった」

五平はどうにかして蔵人介を救おうと、大小を探しあて、隙《すき》をみて逃げだしたのだという。

「ここはどこだ」

「出石藩の御上屋敷でごぜえやす」

「何だって」

「あっしが逃げてきたのは、炉のある我善坊谷の谷底でしてね。御上屋敷の外れにある拷問蔵《ごうもんぐら》で、時折り、知らねえ誰かが痛めつけられているのは知っておりやした。矢背さまもきっと、ここにいるのにちげえねえと」

「どうして、わしを助けてくれる」

「旦那は良いお人だ。日本橋であっしを守ってくだすった。あのときの借りを返さなくちゃならねえ」

「律儀《りちぎ》なやつだな」

「あっしの目に狂いがなけりゃ、旦那はお強い。きっと、あいつらを成敗《せいばい》してくれるにちげえねえ。そうおもったんでやすよ」

「よし、逃げ道はわかっておるのか」

「お任せくだせえ。練塀《ねりべい》の腰に穴の開いたところがごぜえやす」

「心強いやつだな」

「へへ、穴を抜けたら、溝《みぞ》に沿って逃げりゃいい。あっしの本業は淘《よな》げ屋でやすからね、どぶ川の流れにゃ詳しいんだ」

「頼りにしておるぞ」

河童の五平が、仏《ほとけ》の眷属《けんぞく》にみえた。

蔵人介は大小を腰に差し、外の暗闇へ抜けだした。

十

五平が一刻も早く女房と子どもに再会したいと言うので、神楽坂上の藁店《わらだな》にいたる御納戸町の辻で別れた。

「よいか、何度も言うようだが、長屋へ戻ったらときをおかずに江戸を出て、できるだけ遠くへ逃げるのだぞ」

そうやって念を押し、質に流せば数両にはなる脇差をくれてやった。

自邸に戻ると、志乃や幸恵や串部までが寝ずに待っていてくれたが、女たちには心配を掛けたくないので、急坂で足を滑らせて谷底に落ちたなどと、苦しまぎれの嘘を吐いた。

水を浴びて身を浄《きよ》め、柔らかい蒲団《ふとん》で眠りに就く。

肋骨《ろっこつ》が何本か折れているらしく、痛みで眠ることもできない。

しばらくすると、夜が明けた。

早朝から、訪ねてくる者がある。

「同じお役の兼松才次郎さまにございます」

幸恵に取りつがれて驚き、首をかしげた。

しかも、兼松は四十絡みの「叔父」を連れているという。

たしか、寺社方の役人で川路弥吉といったか。

それとなく、評判は聞いていた。生まれは豊後《ぶんご》の天領日田《ひた》。「咸宜園《かんぎえん》」という有名な私塾《しじゅく》で一、二を争う成績であったという。おそらくは、頭脳明晰《めいせき》かつ野心旺《おう》盛《せい》な官吏にちがいない。

ともかく、ふたりを客間へ通しておくように命じ、蔵人介は難儀しながら着替えを済ませた。

廊下を歩いていると、幸恵が茶を盆に載せてあらわれ、兼松のほうは敷台《しきだい》のところで辞去したという。

蔵人介に会いたがっているのは「叔父」の川路らしい。

聞けば、幸恵に金運を呼ぶ八幡宮のことを教えた顔見知りの夫だった。

どうしても面談を要する事情があると聞き、家人たちは何事かと身構え、障子の内から様子を窺っている。

蔵人介は居ずまいを正し、客間の襖障子を開いた。

待っていたのは、容貌魁偉《かいい》な男だ。

「矢背さま、川路弥吉と申します。お休みのところ、申しわけござらぬ」

「いいえ、いっこうにかまいませぬが」

「土臭い男にみえましょう。拙者、豊後の日田で採れた山猿にござりまする。実父は代官所の下役人でござったが、縁あって幕臣のもとへ養子に出されましてな。勘定奉行所の支配勘定《しはいかんじょう》出役《でやく》を皮切りに、支配勘定を経て御勘定に昇進させていただき、歴《れき》とした旗本となったのち、寺社奉行吟味物調役として、ただ今、脇坂中務大輔さまのもとでお世話になっておりまする」

「はあ」

「くどくどしい身の上話は、ここまでにいたしましょう。じつは拙者、脇坂さまの密命を帯び、六文銭と呼ばれる群盗を追っておりました。数ヶ月の探索を経て、どうにか、群盗に繋がる端緒《たんしょ》を得たものの、潜入させた間者をふたりとも失い、途方に暮れておりましたところ、橘右近さまより『使える男がいるので、ためしてはどうか』と打診していただいたのでござります」

「それがしのことか」

「いかにも。無論、ためすなどと、おこがましいにもほどがござる。どうか、平《ひら》にご容赦願いたい」

川路は潰《つぶ》れ蛙《がえる》のように平伏し、頭もあげずにつづける。

「家内を使い、ご内儀に八幡宮のことを伝えさせたのも、拙者にござる。まさか、矢背どのの御身《おんみ》にこのような災難が降りかかろうとは、おもってもみませなんだ。このとおりにござる。お許しくだされ」

なるほど、すべて仕組《しく》まれていたことらしかった。

蔵人介を「ためす」べく、但馬屋へ近づけたのだ。

「わしがそのあとどうなったかも、存じておると」

「はい、だいたいは。謝って済むようなことではござらぬが、こうするしかござりませぬ。まことに、申しわけござりませなんだ」

むかっ腹が立ったものの、川路の殊勝《しゅしょう》な態度に折れた。

「面《おもて》をおあげなされ」

「は、それでは、お許しくだされますか」

「済んだはなしでござる。それよりも、事の次第を詳しくご説明願いたい」

「されば、こちらで見当がついていることだけでも、おはなしいたしましょう。まず、六文銭なる群盗は、石原輝之進という古銅吹所の同心によって束ねられております」

「わかっておるのなら、なぜ、捕縛《ほばく》せぬのだ」

気色《けしき》ばむ蔵人介の追及を、川路は柳に風と受けながす。

「泳がせておるのでござる。後ろ盾となる者の正体をあばかねばなりませぬゆえ」

「但馬屋か」

「さよう。但馬屋藤八こそが扇《おうぎ》の要《かなめ》、あの者の正体が判明いたせば、銅貨密鋳のからくりもおのずと解きあかせましょう」

胸の傷が疼《うず》き、蔵人介は顔をしかめた。

「肋骨を痛められたか。だいじありませぬか」

「ご心配にはおよばぬ。それがしはどうやら、出石藩御上屋敷の蔵に閉じこめられていたらしい。出石藩と但馬屋とは、何か関わりがござるのか」

「ござります」

「と、仰《おつしや》ると」

「但馬屋は出石藩の紐《ひも》付きでござる。出石藩のなかにも密鋳に関わる者がいると、拙者は睨んでおります。それが藩ぐるみの悪巧《わるだく》みだとすれば、たいへんなことになりましょう」

「出石藩五万八千石がお取りつぶしになると」

「それだけではござらぬ。詳しいことは申せぬが、出石藩では十年余にわたって御一門同士の内紛が燻《くすぶ》っておりましてな、ともすればそれが表沙汰《おもてざた》になり、御家騒動に転じる気配もござる。かててくわえて、銅貨密鋳の疑いが浮上したあかつきには、一国一藩どころか、幕閣の中枢《ちゆうすう》にも火が点《つ》きかねぬ事態となりましょう。どのつまり、公儀の沽券は地に墜《お》ちぬともかぎりませぬ。断じて、それだけは避けねばならぬ」

川路は興奮したのか、顔を真っ赤に染める。

一方、蔵人介は冷《さ》めていた。

「それで、拙者に何を期待しておられる」

「さよう」

川路は襟《えり》をしゅっと寄せ、居ずまいを正す。

「まずは、幕臣随一と評される剣術の腕をお借りしたい。無論、倒すべきは石原輝之進にござる。そこは、お察しいただきたい。お上の十手《じって》を与《あずか》る不浄役人ゆえ、白洲《しらす》で裁くわけにもいかぬのでござるよ」

「闇から闇へ葬るしかあるまいか」

「石原は名の知られた剣客、心形刀流《しんぎょうとうりゅう》の免許皆伝《かいでん》にござります。『下がり藤《ふじ》』と称する必殺の籠手打ちを阻むことができるのは、おそらく、矢背どのをおいてほかにはござりますまい」

「拙者の力量を知らずして、安易に持ちあげぬほうがよい」

「橘さまのお墨付きがありますゆえ、疑う余地など微塵《みじん》もござりませぬ。ただし、すぐに討っていただくのは得策ではありませぬ。今しばらく、泳がせておきたいのでござる」

「そうはまいらぬ。こちらから打ってでねば、先手を打たれる。なにせ、素姓《すじょう》がばれておるのだからな。日が経てばそれだけ、それがしのみならず、矢背家の者らを危険にさらすことになりかねない」

「寺社方の捕り方を割《さ》き、防《ふせ》ぎに就《つ》かせまする」

「それにはおよばぬ」

「どうか、くれぐれも御自重《じちょう》いただくよう、お願いつかまつりまする」

「もしや、それを伝えに、わざわざおいでになられたのか」

「橘さまともご相談申しあげました。当面はお役目を控え、自邸にてからだを休めるようにとの仰せにございます」

「ふん、手まわしのよいことだ」

「されば、拙者これにて失礼いたしまする。公人朝夕人からの連絡をお待ちくださりますよう」

蔵人介はぷいと横を向き、川路を見送ろうともしなかった。

幸恵がそれと気づき、慌てて敷台の外まで送りだす。

八幡宮のことで騙されたと知ったら、きっと口惜しがるにちがいない。

面倒なので、余計なことは喋らずにおいた。

蔵人介は身も心も疲れはて、深い眠りに落ちた。

目を醒ましたのは夕暮れで、微睡《まどろ》みながら騒々《そうぞう》しい跫音を聞いた。

「矢文《やぶみ》が、矢文が……」

幸恵が血相を変えて、部屋へ飛びこんでくる。

蔵人介は起きあがり、文をひったくった。

――神楽坂上藁店

とある。

「しまった」

五平の済まなそうな顔が、頭に浮かんで消えた。

「幸恵、出掛けるぞ」

「え、どちらへ」

「命の恩人のところだ」

蔵人介は手早く仕度を済ませ、屋敷から飛びだす。

用人の串部をともない、夜の町を駆けに駆けた。

ぼろぼろのからだに鞭打《むちう》ち、何度も転びながらも藁店にたどりつく。

朽ちかけた木戸門を潜ると、長屋の一角に人だかりができていた。

「すまぬ、退《ど》いてくれ」

どぶ板を踏みしめ、人垣を掻きわけて進む。

「うっ」

目に飛びこんできたのは、凄惨《せいさん》な光景だった。

血溜まりのできた土間には、五平のものとおもわれる手首が転がっており、板の間のうえに目をやれば、母と幼子《おさなご》が重なりあって死んでいる。

「こいつはひどい」

串部が両手を合わせた。

母は必死に我が子を守ろうとしたのだ。

賊は一片の憐憫《れんびん》もしめさず、刃の先端で母親の背中を串刺しにした。

同じ刃が、母に抱かれた幼子の心ノ臓をも貫いた。

「許せぬ」

鬼畜《きちく》の所業《しょぎょう》だった。

とうてい、許すことはできぬ。

「殿、ここに文が」

柱に刺さっていた。

突きたてられたのは、五平にくれてやった脇差だ。

「くそっ」

脇差を抜き、血塗《ちまみ》れの文をひらく。

ところの名が記されてあった。

――今戸窯場
悪党は決着をつけるべく、蔵人介を誘っている。

いいだろう。

誘いに乗るのは、得策ではない。

みずから、罠《わな》に嵌《はま》りにいくようなものだ。

が、わかっていても、行かずばなるまい。

煮えたぎる怒りが、節々の疼《うず》きを取りさっていた。

十一

聞こえてくるのは、山狗の遠吠えか。

それとも、手首と妻子を失った哀れな男の慟哭《どうこく》なのか。

橘右近の主命も、川路弥吉の洩らしたことばも、蔵人介の脳裏にはない。

ただ、悪党どもを成敗することしか考えていなかった。

蔵人介の五体に漲《みなぎ》る殺気を怖れてか、串部は柳橋から猪牙《ちょき》を仕立ててから、ひとことも喋りかけてこない。

猪牙は大川に沿って遡上《そじょう》し、山谷堀に架かる今戸橋のさきへ漕《こ》ぎすすむ。

やがて、窯場がみえてきた。

窯の火が点々と連なり、まるで、華燭《かしょく》を並べたかのようだ。
舳先《へさき》を桟橋《さんばし》へ向かわせた。
幾筋もの黒煙が、星空に立ちのぼっている。
今戸焼きを荷出しする桟橋から、ふたりは陸《おか》にあがった。
河原石《かわらいし》を踏みこえ、窯場へ慎重に近づいていく。
「妙でござるな」
串部の言うとおり、窯のそばには職人も見張りもいない。
炎の燃える音だけが、夜の静寂を際立たせている。
ただし、濃厚な殺気だけはわだかまっていた。
灌木《かんぼく》の陰や笹叢《ささむら》に、敵どもは潜んでいるのだ。
五平はおらず、慟哭も聞こえてこない。
すでに、殺されてしまったのだろうか。
切なすぎる。
蔵人介は自分を責めた。
自分のせいで五平は命を狙われ、たいせつなものを奪われた。
そして、獲物をおびきよせる生き餌《え》にされたのだ。

こうなったら、とことん食いついてやる。

悪党どもをひとり残らず、斬り捨ててくれよう。

強い意志が、疲弊《ひへい》しきったからだを支えていた。

「殿、容易ならざる殺気にござりますぞ」

「ああ、そうだな。串部よ、こんなときに何だが、養母上《ははうえ》に伝えてほしいと言われたことがある」

「何でござりましょう」

「おぬしに払う給金がないらしい」

「へっ」

「もはや、おぬしとは主従の間柄ではない。猪牙《ちょき》で去ってもよいぞ。ただ働きで命を落とすこともあるまい」

「ふっ、地獄のとば口で寝言《ねごと》を洩らすとは、殿らしくもありませんな。給金など、あてにしておりませぬ」

「ただでもやると申すのか」

「いけませぬか。これも武士《もののふ》の気概《きがい》というものにござる。たとえ火の中水の中、金は無くとも忠義あり。骨を惜しむな、名こそ惜しむべし」

「やはり、変わり者だな」

「ま、ただほど高いものは無しとも申します。事が済んだら、給金のことは今一度じっくりご相談いたしましょう」

「ふふ、こやつめ」

「されば、まいりましょうか」

「よし」

星影に導かれ、ふたりは窯場を経《へ》巡《めぐ》った。

風も無いのに、笹叢が揺れている。

「そこか」

藪に足を踏みいれ、しばらく進むと、ひらけたところに出た。

「ん、あれは」

うろのある大木のまえに篝火が焚かれ、栂《つが》の磔柱《はりつけばしら》に五平が縛りつけられていた。

右の手首を失っており、もはや、叫ぶ気力もない。

死を待つ男のかたわらに、黒装束の賊どもはあらわれた。

「十人か」

串部が囁《ささや》いた。

最後に大木の背後から、手足の長い頭目が抜けだしてくる。

小銀杏髷で黒い筒袖を纏ったすがたは、奇妙な感じがした。

「ふふ、莫迦め。飛んで火にいる夏の虫とは、おぬしらのことだ」

「どうだか」

「但馬屋に正体をあばけと命じられたが、おぬしが誰の間者であろうと、わしにはどうでもよいことだ。わしの手から逃れたことを後悔させてやるわ」

「腐《くさ》れ役人め、わざわざ呼びつけた理由はそれか」

「磔にした滓《かす》が立会人だ。矢背蔵人介、尋常に勝負せよ。と、言いたいところだが、毒味役と遊んでいる暇はない。車《くるま》懸《が》かりに攻めたて、血祭りにあげてくれよう。ものども、殺《や》れい」

「うわああ」

黒装束の連中が抜刀し、四方から斬りかかってくる。

ぱっと、串部が離れた。

腰に帯びる刀は同田貫《どうたぬき》、みずから「鎌髭《かまひげ》」と呼ぶ名刀だ。

鋭利な刃が草を散らし、賊どもの臑《すね》に襲いかかる。

「ぬぎゃ……っ」

悲鳴が起こると、切り株のような髷だけが残された。

たちまち、四人分の切り株が並び、髷を失った賊どもが地べたに転がった。

「髷斬りじゃ、気を張れい」

石原が叫ぶ。

蔵人介の腰には、愛刀の来国次があった。

賊どもを引き寄せ、目にも止まらぬ捷《はや》さで抜刀する。

「しぇ……っ」

抜き際の一刀でひとり目の腹を裂き、ふたり目は血振《ちぶ》りもせずに胸を貫いた。

引きぬいた刀で一合《いちごう》交え、三人目は肩口から袈裟《けさ》懸《が》けに斬りさげる。

「のげっ」

骨をも断つ太刀筋《たちすじ》が、残った者たちの四肢《しし》を痺《しび》れさせた。

が、賊どもは死に身で斬りかかってくる。

「ふりゃ……っ」

蔵人介は鼻先に迫った刃を弾《はじ》き、ふたり同時に片付けた。

気づいてみれば、残ったのは石原ひとりだ。

串部は役割を果たし、静かに「鎌髭」を納刀する。

蔵人介も血振りを済ませ、国次を鞘《さや》の内に納めた。

「ぬふふ、やりよる」

石原は動じない。

あくまでも悠揚《ゆうよう》と構え、間合いを詰めてくる。

串部がこれに応じ、爪先を躙りよせた。

「待て。わしがやる」

蔵人介が制止すると、石原が片眉を吊りあげた。

「そっちの臑斬りとも立ちおうてみたい。ふたり同時でよいぞ」

「残念だが、おぬしの望みはかなわぬ」

「ほう、一対一の勝負で、わしの籠手打ちを躱《かわ》す気か。ならば、まいろう」

「望むところ」

ふたりともに刀を抜かず、撃尺《げきしやく》の間合いまで躙りよる。

蔵人介が発した。

「秘剣『下がり藤』とやらを拝見いたそうか」

「藤の意味を知らぬのか。藤は不意に通ず。まことの籠手打ちは、鞘の内できまるものよ」
すなわち、居合の要領で抜き打ちに落とすのが必殺技の極意らしい。
無論、蔵人介も居合で対抗する。
「ぬはっ」
両者は、同時に抜いた。
いや、そうみえただけで、さきに抜いたのは石原のほうだ。
ぬっと差しだされた蔵人介の手首は、すっぱり落とされた。
と、おもった瞬間、落とされたはずの右手が国次を抜いた。
「なにっ」
わずかなズレが、死にゆく者にとっては永遠にも感じられたことだろう。
蔵人介の足許には、切断された棍棒が転がっていた。
力丸の使っていた棍棒を隠し持ち、右手にみせかけたのだ。
わずかに遅れて抜きはなたれた国次の刃は、逆手斬りに石原の首を飛ばしていた。
「ぬひぇええ」
断末魔《だんまつま》が尾を曳《ひ》いた。
高々と舞いあがった生首は、無念の表情を貼りつけている。

仰向《あおむ》けに倒れた首無し胴をみつめ、蔵人介は素早く刀を納めた。

立会人にされた五平は縛めを解かれ、串部の腕に抱かれている。

「五平、生きておるか」

蔵人介は駆けよった。

「……い、生きておりやすぜ、旦那」

「気を確かに保《も》て」

「……め、目がみえねえ……で、でも、わかりやす。おつたと吉坊の仇《かたき》を討ってくだすったんだ。へへ、ありがてえ……や、やっぱし、見込んだとおりのお方だった」

「五平、死ぬな。しっかりいたせ」

「……へへ、もういけねえや……お、おつた、吉坊……い、今逝くかんな」

ひと筋の涙が零《こぼ》れ、五平はこときれた。

「こやつ、笑ってやがる」

串部は目を赤くさせ、洟水《はなみず》を啜《すす》りあげた。

十二

名越《なごし》の祓《はら》いも過ぎ、文月《ふづき》になった。

暦のうえでは立秋だが、茹《う》だるような暑さはつづいている。

悪事に手を染めた不浄役人とその一味は葬ったが、煮えきらぬおもいは拭《ぬぐ》えない。

但馬屋は芝の西久保から痕跡を消し、駿河町にある山吹屋の土地は買い手を失った。

但馬屋と出石藩の関わりは無論のこと、出石藩と銅貨密鋳の関わりも証明する手だてを失った。

蔵人介が激情に駆られて奔《はし》ったことで、寺社奉行の脇坂中務大輔や川路弥吉の苦労は水泡《すいほう》に帰《き》してしまったのだ。

昨晩、公人朝夕人の土田伝右衛門がひょっこりあらわれ、橘右近がたいそう怒っていると伝えていった。それはまあよいとしても、命を助けてくれた五平とその妻子を救えなかったことが悔やまれてならない。

胸に去来するのは、みずからへの怒りと、どうしようもない虚《むな》しさだけだ。

庭先では、鐵太郎が朝稽古の竹刀を振っている。

「きえい……っ」

張りつめた空気を切りさき、鋭い打ちこみがはいった。

「よいぞ、なかなかのものじゃ」

めずらしく、志乃が手放しで褒《ほ》めている。

どうやら、地道な努力が実りはじめたらしい。

鐵太郎は褒められたことを励みに、嬉々《きき》として素振りを繰りかえす。

「きえい……っ」

その潑剌《はつらつ》とした勇姿が、唯一の慰めとなった。

「お殿さま、よいおはなしがございます」

落ちこむ蔵人介を案じてか、幸恵がそっと身を寄せ、耳許で囁く。

「ん、どうした」

「じつは、俎《まないたが》河岸《し》の実家から、少しばかり融通《ゆうずう》していただくことになりました」

「ほう、そうか」

「お義母《かあ》さまにはご内密に。お気になさるでしょうから」

「承知した」

幸恵はうなずき、微笑んでみせる。

「これで、串部どのにも、もう少し居てもらえます」

「そうだな」

ありがたいはなしだが、台所が苦しいことに変わりはない。

「幸恵よ、苦労を掛けるな」

らしくもないことばを洩らし、蔵人介は恥ずかしそうに顔を赤くする。

その様子が可笑《おか》しいのか、幸恵はくすくす笑った。

「こいつめ、笑ったな」

「おやめくだされ。そのお顔でみつめられると、もっと笑ってしまいます」

「何を言うか。わしの顔のどこが可笑しい」

ツボに嵌ったのか、幸恵の笑いは止まらない。

ふたりのすがたは、縁側でじゃれ合う猫のようだ。

志乃と鐵太郎も稽古の手を休め、不思議そうにこちらを眺めている。

庭の片隅には、紅白の酔芙蓉《すいふよう》が可憐《かれん》な花を咲かせていた。

真っ青な空には、一朶《いちだ》の雲もない。

甍《いらか》の果てに飛びさるのは、つがいの燕《つばめ》であろうか。

笑いつづける幸恵の顔が、酔芙蓉の花と重なってみえる。
つかのま、蔵人介は五平や妻子のことを忘れていた。

さるすべり

一

文月五日。

出仕の折りに纏《まと》った苔色《こけいろ》の着物の袂から、落とし文がみつかった。

――暮れ六つ前　西向天神さるすべりの下にてお待ち申しあげ候　かしく
みつけたのは妻の幸恵だ。

「これはいったい、何事でございましょう」

抑制の利《き》いた口調が、かえって凄《すご》みを感じさせた。

身に覚えはないと言いそびれ、蔵人介は苦い顔をする。

「これは落とし文にございます。お心当たりがおありのはず」

「ないない」

慌てて否定しつつも、そこはかとない花の香りをおもいだす。

あれは山梔子《くちなし》。

城からの帰路、焦げつくような炎天のもと、朦朧《もうろう》とした頭で浄瑠璃坂《じょうるりざか》を登っていたときのことだ。

夏虫色《なつむしいろ》の振り袖を纏った娘と擦《す》れちがった。

町娘だったような気もするが、顔はみていない。

うなじに貼りついた後《おく》れ毛《げ》に目をやったが、振りかえるのも億劫《おっくう》で歩きつづけた。

勾配《こうばい》のきつい坂を登りつめるまで、山梔子の残《のこ》り香《が》だけが尾を曳いていたのだ。

「おもいだしたぞ。擦れちがいざま、町娘に悪戯《いたずら》されたのだ。ひょっとしたら、見も知らぬ相手から岡惚《おかぼ》れされたのやもしれぬ」

「そのおはなしを信じろと仰せですか。鬼役に岡惚れする町娘など、聞いたことがござりませせぬ」

「鬼役とて人の子、岡惚れされて何がわるい」

ひらきなおった態度が、幸恵の怒りに火を点けた。

「お黙りなされ。ああ、情けない。若いおなごの色香に騙され、落とし文に気づけぬとは。門を出《い》づれば七人の敵ありという諺《ことわざ》をお忘れか。つねのように心を研ぎすましておらねば、ご公儀のお毒味役はつとまりませぬぞ」

まるで、養母の志乃に叱られているようだ。

ひとつ屋根の下で暮らしていると、勝ち気で思い込みの激しい性分《しょうぶん》まで似てくるらしい。

かつては禁裏の間諜として懼《おそ》れられた矢背家首長《しゅちょう》の直系、志乃ならば「鬼斬《おにき》り国綱」を振りまわし、武士の心構えを綿々《めんめん》と説いてみせるところだ。

そうされてはたまらぬので、くれぐれも志乃には落とし文のことを秘しておくよう、蔵人介は幸恵に懇願《こんがん》した。

「お義母《かあ》さまを巻きこむ気など毛頭《もうとう》ござりませぬ。夫婦のことゆえ、ふたりで白黒つけましょう」

「白黒つけるとはまた、大袈裟な」

「いけませぬか」

白粉《おしろい》を薄く塗った顔が、ぬっと近づいてくる。

「神仏に誓って、この文におぼえはござらぬのか」

「ない。断じてない」

「されば、西向天神《にしむきてんじん》へまいりましょう」

「えっ」

「わたくしも同伴いたします。悪戯なら悪戯でよろしい。いずれにせよ、文の意図するところをきちんと確かめねばなりませぬ。よろしゅうございますね」

「……わ、わかった」

般若《はんにゃ》の顔で迫られたら、素直にうなずくしかない。

やましいことなどひとつもないのに、着替えたばかりの部屋着が冷や汗でぐっしより濡れていた。

二

背には西日を浴びた千代田城の甍がある。

ふたりは矢背家のある市ヶ谷御納戸町から焼餅坂《やきもちざか》を通りすぎ、牛込原町《うしごめはらまち》の大路を西に向かった。

大路に沿って左右には、一千石以上の禄高を誇る旗本屋敷が整然と並んでいる。

同じ旗本でも、二百坪しかない矢背家とは敷地の広さが何倍もちがっていた。

幸恵は垂涎《すいぜん》の眼差《まなざ》しで一邸一邸をみつめ、そのたびに小さな溜息を洩らす。

あいかわらず、矢背家の台所事情は厳しい。

立派な武家屋敷は目の毒だ。

左手奥には、尾張《おわり》藩の中屋敷がどこまでも広がっていた。

市ヶ谷から牛込にかけての一帯は「尾張の庭」とも言われ、沿道で尾張藩の悪口は慎まねばならない。

いずれにしろ、幸恵とふたりきりで歩くのは何年ぶりのことだろう。

鐵太郎が生まれる以前のことだから、十年以上は経つかもしれない。

馴れていないせいか、ふたりとも口数は少なく、うつむきがちに歩いた。

若松町《わかまつちょう》からは、南西に延びる馬ノ首団子坂《うまのくびだんござか》をたどっていく。

途中で三ツ股の隘路《あいろ》に差しかかった。

突きあたりは「抜弁天《ぬけべんてん》」の愛称で親しまれる厳嶋《いつくしま》神社、源八幡太郎義家《みなもとのはちまんたろうよしいえ》が奥州《おうしゅう》遠征の戦勝を祝して建立《こんりゅう》させたものだ。難を逃れる弁天様として人気が高く、ついでに立ちよってお参りをする。

さらに、久右衛門坂《きゅうえもんざか》を登って高台へ達すると、いよいよ、西向天神へ通じる鳥居がみえてきた。

西向の西とは、太宰府《だざいふ》の方角であるという。

別当《べっとう》は梅松山大聖院《うめまつやまだいしょういん》と称し、梅の名所でもあった。

かたわらには澄んだ蟹川《かにがわ》が流れ、つかのまの涼を与えてくれる。

境内の一角には、太田道灌《おおたどうかん》に山吹《やまぶき》の枝を贈った紅皿《べにざら》の塚《つか》が築かれていた。

貧しい農家の娘の紅皿が為政者《いせいしゃ》に美貌《びぼう》と才気を認められ、幸運にも栄華《えいが》を手にする。そうした女心《おんなごころ》を擽《くすぐ》る夢物語にまつわる地だが、幸恵は格別な関心もしめさない。職禄二百俵にすぎぬ御膳奉行の家に嫁いだときから、夢をみぬことにきめたのだ。

ふたりは参道を足早に通りすぎ、境内の西端へ向かった。

西向天神から眺める夕陽はすばらしい。

遠くに富士をのぞむことができれば、なおさらだ。

幸恵は切りたった崖《がけ》っぷちに立ち、しばらく西の彼方をみつめていた。

「あれが西方浄土……」

富士の高嶺《たかね》はみえねども、茜に染まった雲のかたちが観音菩薩《かんのんぼさつ》にみえなくもない。

そうやってしばらく夕景を堪能《たんのう》し、落とし文にあった女の震えた筆跡をおもいだす。

本殿の裏手に紅《あか》い花を満開に咲かせたさるすべりをみつけたのは、あたりが雀《すず》色《いろ》になりかけたころだった。

「ここよ」

「ふむ」

眺めわたしたところ、さるすべりらしき木はほかにない。

幸恵は光沢《こうたく》のある幹に近づき、女童《めわらべ》のように揺すってみせる。

何やら微笑ましいなとおもいつつ、蔵人介は人の気配を探った。

町娘の人影はなく、ほっと胸を撫《な》でおろす。

「おらぬな。やはり、悪戯であったか」

笑いかけると、幸恵はさるすべりから離れ、背後の繁みに気を向けた。

「あっ」

繁みが揺れ、浪人風体《ふうてい》の男たちが顔を出す。

三人だ。

危ういと察しつつも、幸恵は脅えた仕種《しぐさ》ひとつみせない。

徒士目付の娘だけあって、物腰はじつに落ちついている。

そわそわして落ちつきがないのは、むしろ、蔵人介のほうだ。

臆したわけではない。いざとなれば、田宮流の抜刀術で暴漢どもの首を飛ばす覚悟はできている。だが、ひとたび刀を抜けば、幸恵に血をみさせることにもなりかねない。それだけは避けたかった。

三人のうちのふたりが参道のほうにまわりこみ、逃げ道をふさぎにかかる。

ひとり残った猪首《いくび》の浪人が薄笑いを浮かべ、がにまたでゆっくり近づいてきた。

ただし、三間《けん》の間合いからさきへは踏みこんでこない。

馴れているなと、蔵人介は察した。

猪首の浪人は無《ぶ》精《しょうひげ》髭を撫でまわし、強面《こわもて》の見掛けとはそぐわぬ疳高い声を出す。

「ふん、女連れとはな。ひょっとして、連れは内儀か」

「それがどうした」

「良い女ではないか。丸味を帯びた肉付きから推すに、子がおるな。ひと腹抜いた女の味はたまらぬものよ。くふふ、殺《あや》めるまえに、じっくり味わうとするか」

じゅるっと涎《よだれ》を啜り、猪首は右手を大刀の柄に添える。

「待て」

蔵人介は掌《て》を翳《かざ》した。

「おぬしら、ここで誰かを待ち伏せしておったのか」

「ほほう、命乞いにしては、態度がでかいな。さすが、姫路《ひめじ》藩十五万石の剣術指南役だけのことはある」

「待ってくれ。おぬし、人違いをしておるぞ」

真顔で諭してやると、相手は表情を曇らせる。

「室津《むろつ》庄左衛門《しょうざえもん》ではないのか」

「ちがう。拙者は公儀鬼役、矢背蔵人介だ」

「公儀鬼役とは、公方の毒味役か」

「さよう」

「なぜ、鬼役がここにおる」

「落とし文を読んだからさ」

やはり、何者かが袖に落とす相手をまちがえたのだ。

「ちっ、おぬしを斬ったところで、一文にもならぬというわけか」

「そのとおりだ。わかったら、通してくれ」

「そうはいかぬ」

「なぜ」

「内儀を手込めにすると伝えたはず」

蔵人介は、大きく溜息を吐く。

「わるいことは言わぬ。やめておけ」

「ぬひょひょ、勝てるとでもおもうておるのか。わしらは上州《じょうしゅう》馬庭《まにわ》の三羽鴉《さんばがらす》、人斬り稼業をはじめて三年になるが、一度たりとも的を外したことはない」

「馬庭と言えば念流《ねんりゅう》か」

実戦《じっせん》向きの同流は、受け技に妙味がある。

猪首の浪人は足を八の字にひらき、踵《かかと》に重心を置いた。

どっしりした構えだ。

からだを大木の幹と化し、刀を枝にみたてた体中剣《たいちゅうけん》。

まさしく、馬庭念流不動《ふどう》の構えにほかならない。

伝書にも「張り板に茶筒の蓋をするがごとく敵を連れこむべし」とあるように、同流は執拗《しつよう》な防禦《ぼうぎょ》を旨《むね》とする。

ただし、攻めこむときは一気呵成《いっきかせい》、峻烈《しゅんれつ》な上段の一撃で相手の面を砕く。

抜かせてはまずい、と蔵人介は直感した。

「わしは居合を少々やる。白刃を抜けば、今日がおぬしらの命日となろう。もう一度だけ言う。やめておけ」

「猪口才《ちょこざい》な」

正面の猪首侍が刀を抜くと、後ろのふたりも白刃を抜きはなった。

いずれも、切っ先を寝かせて相手の眉間《みけん》に向ける上段の構えだ。

「ぶほう」

威嚇《いかく》するように気息《きそく》を放ち、猪首侍は躙《にじ》りよってくる。

おそらく、生半可な返し技は通用すまい。

抜き際の一撃で仕留めねばならぬと、蔵人介は決していた。

「南無八幡《なむはちまん》」

猪首侍が吼《ほ》え、上段から面を斬りつけてくる。

ぎりぎりまで引きつけ、ひらりと躱《かわ》す。

刹那、丁字《ちょうじ》の刃文が光った。

「かほっ」

猪首侍が血を吐く。

——奥義《おうぎ》「横雲《よこぐも》」。

蔵人介は擦れちがいざま、相手の脾腹《ひばら》を深々と掻《か》いていた。

愛刀国次の切れ味は鋭い。

ことされた猪首侍は、棒のように倒れていった。

「そこまでだ」

振りむけば、残りのふたりが身構えている。

前がのっぽで、後ろはずんぐりした男だ。

ずんぐり侍は、何と、幸恵を羽交《はが》い締めにしていた。

のっぽ侍が叫ぶ。

「内儀の命が惜しくば、刀を捨てろ」

「ふん、捨てても殺《や》る気であろうが」

蔵人介は逡巡し、じっと動かない。

すかさず、幸恵が叫んだ。

「武士の魂を捨ててはなりませぬ」

「黙れ、女」

ずんぐり侍の平手《ひらて》打ちが飛び、幸恵は鼻血を散らす。

「ふふ、さすがは武家の妻女。胆《きも》が据わっておるわい。ほれ、魂を捨てぬか」

のっぽに顎をしゃくられ、蔵人介は刀を捨てた。

脇差も捨て、誘われるがままに相手のそばへ近づく。

足許には、大刀を握った猪首侍の屍骸《むくろ》が転がっていた。

あたりは薄闇に包まれ、参道の石灯籠には火が灯っている。

人影はみとめられず、助けを呼ぶこともできない。

「よし、止まれ」

のっぽが刀の切っ先をおろす。

「おぬしが斬ったのは、わしの実弟だ。借りは返して貰う」

「待て、教えてくれ。おぬしらを雇ったのは誰だ」

「聞いてどうする。死にゆく身であろうが」

「あの世で、そやつを恨んでくれよう」

「ふふ、わかった。教えてやる。われら三人を雇ったのは、秋吉左門丞《あきよしさもんのじよう》と申す姫路藩の勘定吟味役《ぎんみやく》だ」

「なぜだ。なぜ、雄藩の勘定吟味役が刺客を雇う」

「よくは知らぬ。おおかた、不出来《ふでき》な子息《しそく》のせいだろう」

「子息」

「ああ。御前《ごぜん》試合で赤っ恥を掻かされた」

相手の寸止めに気を失い、小便まで洩らしてしまった。

子息の惨めなすがたを大広間の片隅から見届け、秋吉は口惜しさで顔を茹で海老のように染めたという。

「御前試合の相手というのが、室津庄左衛門だったのさ」

「くだらぬ逆恨《さかうら》みではないか。そんなやつに雇われて恥ずかしくないのか」

「逆恨みだろうが何だろうが、金を貰ったぶんだけの仕事をするまで。さあ、喋りは仕舞いだ。引導《いんどう》を渡してくれよう」

のっぽ侍が土を蹴り、独特の上段から斬りつけてくる。

と同時に、後ろのずんぐり侍が悲鳴をあげた。

「にぎぇっ」

幸恵が髷から簪《かんざし》を抜き、相手の片目に刺したのだ。

のっぽに一瞬の隙《すき》が生まれた。

蔵人介は見逃さない。

影のように迫り、相手の脇差を奪う。

奪った勢いで、右籠手を落とした。

さらに、心ノ臓をひと突きにする。

「のげっ」

鮮血が尾を曳くなか、脇差は投擲《とうてき》されていた。

白刃は光の筋となり、ずんぐり侍の喉仏《のどぼとけ》に吸いこまれる。

「かっ」

三人目の刺客は首に刃を突きたてたまま、仰向けに倒れていった。

「お殿さま」

幸恵が髪を乱して駆けより、胸に飛びこんでくる。

蔵人介はその肩を抱きとめ、ぎゅっと力を込めた。

ことばなどいらぬ。温《ぬく》もりさえあれば、夫婦の絆は確かめあえる。

「……す、すみませぬ。わたくしのつまらぬ嫉妬《しっと》が招いたことにござりまする」

「気に病むな。おまえのせいではない」

涙目で謝る幸恵のことが、愛《いと》しくてたまらなくなる。

それだけでも、西向天神まで足労《そくろう》した甲斐はあった。

血腥い臭いにまじって、ふと、芳香が漂ってきた。

「山梔子ね」

幸恵は、そっと涙を拭いた。

三

翌日は七夕《たなばた》の宵祭り。

江戸市中には、高さを競うように笹竹が林立《りんりつ》する。

紙でつくった網や吹き流し、数珠《じゅず》のように連ねた酸漿《ほおずき》、算盤に大福帳《だいふくちょう》、くくり猿に瓢《ひさご》などが括《くく》りつけられ、五色の短冊《たんざく》には和歌や願い事が綴《つづ》られた。

武家も町家も貧富多少の別もない。

矢背家でも、先代から仕える下男の吾助《ごすけ》が串部の助けを借りて、大屋根の軒に竿を縛りつけた。

鐵太郎は、芋の葉の露ですった墨で梶《かじ》の葉に願い事を書いた。

——弟ができますように

宵祭りの忙しなさを懸念《けねん》しつつも、蔵人介は日本橋蠣殻町《かきがらちょう》の姫路藩中屋敷に、秋吉左門丞を訪ねた。大手御門《おおてごもん》脇の上屋敷に行って尋ねたら、蠣殻町の藩邸内に勤番《きんばん》長屋があると聞いたからだ。

門番に用件を申しのべると、しばらく待たされ、まだ二十歳を超えたばかりとおもわれる若侍がやってきた。

「秋吉小次郎《こじろう》と申します。秋吉家の次男にござる」

「あ、なるほど」

御前試合で小便を洩らした若造だなと、蔵人介はおもった。

人懐こそうな顔をしており、好感が持てる。

「それがし、公儀御膳奉行の矢背蔵人介と申します」

「父に折りいって、何かおはなしがおありとか」

「できれば、お会いしておはなし申しあげたい」

「はあ」

「かないませぬか。されば、室津どのの件でとお伝えください」

「室津さまの」

若造の顔色が変わった。

あきらかに、敵意の籠《こ》もった眼差しになる。

「矢背さまは、室津さまとどのようなご関係にござりますか」

「関わりは一切ない。ただ、からだつきが似ているらしく、室津どのとまちがわれて命を狙われたのだ」

強い調子で言うと、小次郎はうろたえた。

「とりあえず、父に会っていただきましょう」

慌てながら応じ、長屋門《ながやもん》の端まで導いてくれた。

言うまでもなく、播磨姫路藩は十五万石を誇る大藩だ。

主家の酒井《さかい》家は、大老《たいろう》の酒井忠世《ただよ》と忠清《ただきよ》を輩出した酒井雅楽頭《うたのかみ》家の宗家《そうけ》、第四代藩主の忠実《ただみつ》は二十余年の長きにわたって藩政をとり、今年四月に五十七歳で隠居した。今の藩主は二十八歳の忠学《ただのり》、正室《せいしつ》に公方家斉の愛娘《まなむすめ》でもある喜代《きよ》姫を迎えてからは、何かと肩身の狭いおもいを強《し》いられている。

ともあれ、秋吉家は大藩の勘定吟味役を任された家であるにもかかわらず、あてがわれた屋敷は直参の御家人よりも狭くて安普請《やすぶしん》の平屋だった。

もっとも、各藩の台所事情はどこも厳しい。姫路木綿《もめん》や東山《とうざん》焼きなど人気のある品々を藩営で量産する姫路藩にしても、七十万両を超える借財があると噂されていた。陪臣の屋敷はどこも五十歩百歩、直参にくらべて見劣りするのは致し方のないことだ。

敷居をまたぐと、白髪のめだつ内儀の案内《あない》で客間へ通された。

床《とこ》の間《ま》には唐物《からもの》とおもわれる黒い壺が置かれ、さるすべりがひと枝生《い》けてある。

「ほう、見事なものだ」

溜息を洩らしたところへ、当主の秋吉左門丞があらわれた。

白髪のせいか、還暦《かんれき》を超えているやにみえる。

謹厳実直《きんげんじっちょく》を絵に描いたような人物で、姑息《こそく》な手を講じるようにはおもえない。

「秋吉左門丞にござる。さあ、お座りなされ」

「は」

「公儀のお毒味役が、いったい、何のご用かな」

蔵人介はためらいつつも、西向天神での一部始終をはなして聞かせた。

左門丞は黙然《もくねん》と耳をかたむけ、はなしを聞き終えるや、がばっと畳に両手をついた。

「申し訳ないことをいたしました。人違いから発したこととは申せ、とんだ殺生《せっしょう》をやらせてしまった」

「と、仰ると、やはり、貴殿が刺客どもを雇われたのでござるか」

「いいえ、それはちがいます」

「ならば、畳に手をつくことはありますまい」

「いいえ、こうでもせねば気持ちが収まらぬ。なにぶん、刺客に狙われた室津は姫路藩の藩士ゆえ」

「されど、秋吉どのは与《あずか》り知らぬことなのでござろう」

「刺客を放ったおぼえはない。御前試合で次男坊が打ちまかされたことも、恥は掻いたがあくまでもそれは自業自得《じごうじとく》、室津に恨みなど抱こうはずもない。ただ、室津が命を狙われたことにつき、ちと、おもいあたる節がござってな」

「おはなしくだされ」

「すまぬ。きちんと確かめてから、ご返答申しあげたいのだが」

「承知いたしました。いや、不躾《ぶしつけ》な来訪をお許しくだされ」

「こちらこそ、お越しいただき、ありがたいとおもっております。これをご縁に、親しくしてもらえればありがたい」

「願ってもないこと。じつは、この部屋に一歩足を踏みいれたときから、床の間のさるすべりに感銘《かんめい》を受けました。あれだけ大胆に花を生けるお方を、拙者は存じあげぬもので」

「褒めすぎじゃ。手慰《てなぐさ》みにすぎぬ。たまさか、遠方より訪ねてきてくれた友から土産に貰ったゆえ、生けてみただけのこと」

「ほう、ご友人が」

「わしを驚かせようとしたのであろう。さるすべりの土産など、携えてくる者はおらぬからな」

「さるすべりは『百日紅』と綴るとおり、季節をまたいで咲きまする。ご友人も、秋吉さまのご長寿を祈念されたのでござろう」

「いいや、それはちがう」

突如、左門丞は厳しい顔になった。

「猿も木から落ちるという諺を捩《もじ》り、わしに教訓を与えようとしたのじゃ」

「はて、どのようなご教訓を」

「敵を舐《な》めてかかれば、痛い目をみるということじゃ」

つかのまの沈黙があり、我に返った左門丞は呵々《かか》と嗤《わら》いあげる。

「いや、はは、つまらぬことを申した。わが藩の殿は、芸事《げいごと》に寛容《かんよう》にござってな。こうした生け花もしかり、藩士たちは気儘《きまま》にいろいろと手慰みをやっておるのでござる」

「そういえば、二代藩主忠以《ただざね》公の弟君も、ご高名《こうめい》な絵師であられましたな」

「酒井抱一《ほういつ》さまにござろう。七年前に他界《たかい》なされたが、天から画才を与えられたお方であられた。さよう、御上屋敷の御書院に飾られた煌《きら》びやかな襖絵《ふすまえ》が忘れられぬ」

はなしはどんどん脇道に逸れ、左門丞は遠い目をしてみせる。

「拙者、龍野《たつの》の生まれでしてな。実家は脇坂家の陪臣でござる。縁あって、酒井家の番士のもとへ養子に出され、たまさか算盤の才をみとめられて勘定所にまわされた。それからは上役にも恵まれ、とんとん拍子に出世をかさねてまいったが、いざ上に立つと、みたくもない景色ばかりがみえてくる。あ、いや、申し訳ない。愚痴をこぼす相手がおらぬもので、つい」

「それがしでよろしければ、おもいのたけをぶつけてくだされ」

「ありがたい。ところで、矢背どのは釣りをなされぬか」

「しませぬな」

「さようか。こんど機会があったら夜釣りでもいかがかな、誘うてもよろしゅうござるか」

「喜んで」

「はは、おもわぬ知己《ちき》を得た。七夕冥利《みようり》というものかもしれぬ」

簡単な酒肴が用意され、蔵人介は遠慮せずに盃を交わした。

次男坊の小次郎も交え、剣術談議にも花が咲いた。

いつになく愉快な気分で帰路についたが、このときはまだ悲劇の予兆すら感じていなかった。

四

七夕の夜、天女《てんにょ》は人界《じんかい》の男《おとこ》と結ばれる。

男は梶の木に登り、天から垂れた糸をたどって昇天し、牽牛《けんぎゅう》となる。男女は天の川を挟んでふたつの星となり、地上の人々は梶の葉を手向けて願い事をする。ただし、願い事の綴られた短冊はことごとく、夕暮れになると川や海に流さねばならない。

七夕の日にはまた、井戸替えや硯《すずり》洗いなどの水に因《ちな》む祭りがおこなわれる。在府の諸大名は白帷子《しろかたびら》を纏って登城し、公方から祝賀の拝謁《はいえつ》を賜《たまわ》った。さらにこの日は、武家も町家も冷素麺《ひやそうめん》を食す習慣がある。

蔵人介も非番なので素麺を啜り、七夕飾りを川に流してから、串部と待ちあわせている日本橋の芳町《よしちょう》へ向かった。

雑多な喧噪《けんそう》のなかに『お福』と書かれた青提灯《あおぢょうちん》がさがっている。

串部行きつけの一膳飯屋《いちぜんめしや》だ。

床几に座って酒を舐めているのは車夫《しゃふ》や出職《でしょく》、侍は月代《さかやき》の伸びた浪人ばかりで、およそ旗本の当主が立ちよるようなところではない。

串部に何度か連れてこられ、蔵人介はすっかり気に入ってしまった。

酒も肴も格別に美味いわけではないが、ふっくらした色白の女将目当てに常連たちが集まってくる。

まるで、灯りに群がる夏の虫だ。

自分も虫の一匹だとおもい、蔵人介は苦笑する。

どうやら、串部はまだ来ていないようだ。

「あら、いらっしゃいまし」

女将のおふくがいつものように、屈託なく迎えてくれる。

「てっきり、湯島《ゆしま》天神の『松金屋《まつかねや》』さんあたりにいらっしゃるのかと。だいいち、あそこの高台から眺める七夕の眺めは格別でござりましょう」

艶《あで》やかな女将はそのむかし、吉原で妍《けん》を競《きそ》った太夫《たゆう》だった。ところが、身請《みう》けしてくれた商人が落ちぶれ、捨てられてしまった。それでも、めげずに裸一貫から一膳飯屋を立ちあげたのだ。

「おふくの武勇伝にござる」

と、串部が小鼻《こばな》をひろげて教えてくれた。

当初は閑古鳥《かんこどり》が鳴いていたものの、並々ならぬ努力のすえ、客が引きも切らない繁盛見世になった。

串部は常連のなかでも古株だ。

柳剛流の達人にもかかわらず、おふくのまえでは腑抜《ふぬ》けになる。

隠し事のできない性分なのに、恋情を口に出すことができない。

一方、おふくのほうは本心を容易にみせないので、蔵人介はいつも焦《じ》れったい心持ちにさせられた。

「つい今し方、串部の旦那がおみえになりましたよ。何でも、井戸職人が井戸替えで拾った櫛《くし》を貰ったとかで。鼈甲《べっこう》の高価な櫛だからくれるって言われたんだけど、断っちまったんですよ。だいいち、井戸の底から拾った櫛なんて、祟《たた》りがあるにきまっているじゃありませんか。身投げした女のだよって脅かしたら、串部の旦那、返してくるって、うふふ、真っ青な顔で飛びだしていっちまったんです」

「あいかわらず、そそっかしいやつだな」

西向天神で刺客に襲われて以来、串部には室津庄左衛門と秋吉左門丞の関わりを探らせていた。

いつまでも、待たされるわけにはいかない。

「おや、戻ってこられた」

おふくが微笑むと、髷を乱した串部が飛びこんでくる。

「どうした、鼈甲の櫛は返せたのか」

「殿、それどころのはなしではござらぬ」

串部は乾いた口を酒で湿《しめ》らせ、堰《せき》を切ったように喋りだす。

「今朝方、秋吉左門丞が斬られました」

「何だと。死んだのか」

「はい」

蔵人介は目を瞠《みは》ったまま、ことばを失ってしまう。

串部が仕入れてきた噂によれば、秋吉は大手御門脇の姫路藩上屋敷正門前で室津庄左衛門から莫迦にされ、悔しまぎれに刀を抜いたところ、逆しまに一刀で袈裟懸けにされたらしかった。

ただし、室津にも非があると認められ、秋吉家は断絶《だんぜつ》を免《まぬか》れた。

長男の秋吉小太郎《こたろう》は数刻のあいだに仇討《あだう》ちの届け出をおこない、藩のしかるべき掛かりに受理《じゅり》されたという。

「仇討ちは三日後にございます。盆のまえに済ませよとのお達しらしく」

「ところは」

「御下屋敷のある駒込《こまごめ》の鶏声《けいせい》ヶ《が》窪《くぼ》、白山権現《はくさんごんげん》の境内にございます」

「そうか」

「殿、どうかなされましたか」

蔵人介はおふくに注《つ》いでもらった酒を舐め、秋吉家を訪ねたときの経緯《いきさつ》を淡々と語った。

それを聞いて、串部も黙りこんでしまう。

「夜釣りの約束までしたのに、なにゆえ、死に急いだのか」

拳を握りしめ、蔵人介は口惜しさに耐えた。

「おふたりさん、まるで、お通夜《つや》みたい。さ、御酒をどうぞ」

おふくに励まされても、元気が湧いてこない。

いくら呑んでも酔えず、蔵人介は見世をあとにした。

五

文月十日。

この日は四万六千日《しまんろくせんにち》とも称し、現世のご利益を求めて観世音に参拝する。浅草寺《せんそうじ》を筆頭に、一言観音《いちごんかんのん》を開帳する回向院《えこういん》や三田《みた》の魚籃《ぎょらん》観音などは、早朝から大勢の参詣《さんけい》客で賑わった。

一方、駒込富士を背にした白山権現の境内においては、仇討ちがおこなわれる。中山道《なかせんどう》の鶏声ヶ窪を挟み、酒井雅楽頭と土井《どい》大炊頭《おおいのかみ》の下屋敷が向かいあっており、いずれの屋敷からも大勢の陪臣たちが見物に訪れ、朝靄のたちこめた境内は黒山のひとだかりに包まれた。

白い死出《しで》装束に身を固めたのは姫路藩番士の秋吉小太郎、父の仇を討つべく、みずから望んでこの場にやってきた。

一方、不本意ながらも親の仇とされた同藩剣術指南役の室津庄左衛門は、黒い筒袖に黒袴《くろばかま》を着け、額に鎖鉢巻《くさりはちまき》を巻きつけている。

四十代後半の年恰好《としかっこう》といい、細身でひょろ長いからだつきといい、なるほど、蔵人介によく似ていた。

何と言っても、剣の修行を積んできた者にしかわからぬ気を放っている。

本来なら、落とし文を貰っていたはずの相手だけに、蔵人介は宿縁《しゅくえん》のようなものを感じた。

「さすが、剣術指南役だけのことはある。威風堂々《いふうどうどう》とした物腰でござりますな」

かたわらの串部が、感嘆《かんたん》の声を洩らす。

見物人のほとんどは、勝敗の行方を察していた。

白装束の若者に勝ち目はあるまい。

「さりとて、秋吉小太郎も御家流の練達《れんたつ》、そう容易《たやす》くは討たれますまい」

姫路藩の御家流として伝えられる無外流《むがいりゅう》には、相手の機先《きせん》を制して心ノ臓を突く『鬼之爪《おにのつめ》』なる暗殺剣があると聞く。

はたして、小太郎がこの秘剣を会得《えとく》しているのかどうか。

「串部よ、室津の修めた流派は北辰一刀流《ほくしんいっとう》であったな」

「さように聞いております」

ならば、青眼《せいがん》の構えから剣先を鶺鴒《せきれい》の尾のように揺らして迫り、相手の虚《きょ》を衝《つ》いて大上段から一気に斬りおとすにちがいない。

蔵人介は室津の攻めを脳裏に描き、秋吉小太郎の身になって受け太刀《だち》の工夫をあれこれ考えた。

「御前試合では、弟の小次郎が室津の斬りおとしにやられました。木刀の寸止めにもかかわらず、小次郎は気を失ったとか」

斬りおとしの瞬間、死に神をみたのだ。

「脳天を割られたやにおもったのであろう」

「兄の小太郎もその試合をみていたはず。室津の太刀筋を脳裏に浮かべ、弟の二の舞いにはならぬと意気込んでいるやに見受けまする」

蔵人介は、人垣のなかに弟のすがたを探した。

だが、みつけることはできなかった。

兄の小太郎が『鬼之爪』を会得していれば、ひと筋の光明《こうみよう》を見出《みいだ》すことができるかもしれない。

死を怖れずに相手の懐中に飛びこみ、心ノ臓をひと突きにする。

その秘剣さえ使うことができれば、勝機はあると信じたかった。

立会人に選ばれた姫路藩の古参藩士が、朗々《ろうろう》と口上《こうじよう》を述べた。

過日、秋吉小太郎の父左門丞は藩邸門前にて室津と口論となり、怒りを抑えきれずに刀を抜いた。口論のきっかけをつくったのは室津のほうで、左門丞は御前試合に失禁《しっきん》した次男の小次郎を腰抜け呼ばわりされ、体面をおおいに傷つけられた。室津は左門丞の死に責を負う。よって、藩は嗣子《しし》小太郎の仇討ちを認めるものである。

といった口上の中味に、目新しいものはない。

ただ、蔵人介は妙だなとおもった。

たとい、武士の体面を傷つけられたとしても、秋吉ほどの人物がその場で我を忘れて刀を抜くだろうか。

そもそも、勘定吟味役とは勘定所の不正に目を光らせる役目だ。藩の台所を監視する重職だけに、沈着冷静な人物が登用される。秋吉左門丞が怒りを抑えきれず、抜刀したとはおもえない。かりに刀を抜いたのだとしても、私怨《しえん》からではなく、何か別の理由があったのではないか。

考えれば考えるほど、疑念は膨《ふく》らむばかりだ。

串部が囁きかけてくる。

「殿、はじまりますぞ」

靄が晴れた。

白山権現の境内にも、満開の花を咲かせたさるすべりが植わっている。
「双方とも、いざ、尋常に勝負いたせ」
立会人が興奮気味に叫んだ。
右手の小太郎が待ちかねたように飛びだし、摺《す》り足で近づいていく。
左手の室津は余裕たっぷりの物腰で、小太郎の動きをみつめていた。
もちろん、容易には抜刀しない。
小太郎も同様に、鞘の鯉口《こいぐち》を握ったまま間合いを詰める。
双方の足が止まった。
すでに、気は満ちている。
「つおっ」
さきに抜いたのは、小太郎のほうだ。
鞘を水平にかたむけ、瞬時に抜刀する。
無外流特有の抜刀術だった。
かなりできるなと、蔵人介は期待した。
室津も、静かに大刀を抜きはなつ。
長い。刃長で二尺八寸はあろう。

しかも、身幅《みはば》が狭く、腰反りの強い彎刀《わんとう》だ。

蔵人介の腰にある来国次とも似た風貌だが、こちらは扱いやすくするために茎《なかご》を切って二尺五寸に磨りあげてある。

小太郎の持つ直刀も、二尺五寸ほどだろう。

室津が長い刀を自在に扱えるとしたら、三寸の差は埋めがたいものになる。

蔵人介はまるで、自分が対峙《たいじ》しているかのような気分にさせられた。

小太郎に勝ってほしいと、心から願っている。

五間の結界《けっかい》を破るや、小太郎は納刀した。

居合だ。

秘剣『鬼之爪』を使うのか。

一方、室津は少しも慌てず、青眼に構えた刀を右八相《はっそう》に引きあげる。

こちらも予想を裏切って構えなおし、相手を呼びこもうとしていた。

小太郎は敢えて、誘いに乗った。

撃尺《げきしゃく》の間合いに飛びこむや、抜刀し、低い姿勢から突きを繰りだす。

「つりゃ……っ」

捷《はや》い。

心ノ臓を狙った突きだ。
室津は仰《の》け反《ぞ》って躱《かわ》し、上体を右にかたむける。
一瞬、転んだかにみえた。
と同時に、左片手突きに繰りだされた室津の彎刀が、小太郎の咽喉《のど》を貫いた。
「ぬがっ」
串刺しだ。
みずから突きに出た勢いもくわわり、白刃は鍔元《つばもと》まで深々と刺さっている。
そして、引きぬかれた途端、夥《おびただ》しい鮮血が噴きだした。
境内の土は深紅に染まり、見物人からどよめきが起こる。
はたして、小太郎が『鬼之爪』を使ったかどうかはわからない。
ただ、室津の使った技はあきらかに、北辰一刀流の『抜突《ぬきつき》』であった。
やはり、力量に雲泥《うんでい》の差があった。
見物人たちは凄まじい光景をまのあたりにし、声を出すのも忘れている。
境内はしんと静まり、しわぶきひとつ聞こえてこない。
「触らぬ神に祟り無し」
串部が、ひとりごとのようにこぼす。

――びゅん。

室津は血振りを済ませて納刀し、小太郎の屍骸には一瞥《いちべつ》もくれずに背を向けた。

遠ざかる後ろ姿が自分とあまりに似ていたので、蔵人介はどんよりとした気分にさせられた。

六

夕刻、義弟の綾辻市之進《あやつじいちのしん》が、飯田町《いいだまち》の俎《まないた》河岸から訪ねてきた。

青々とした月代に四角い顔、海苔《のり》を貼ったような太い眉、でかい鼻に厚い唇、あいかわらず暑苦しい顔をしている。

いまや三十代もなかば、徒士目付という憎まれ役もすっかり板についた。こまやかな気配りのできる姉とちがい、むかしから融通の利かない男だが、無欲で素直なところは気に入っている。三代つづいた徒士目付の当主として、直参の悪事不正を糾《ただ》してきた自信も窺えた。

何といっても、市之進の株をあげたのは、錦《にしき》という妻を娶《めと》ったことだ。

錦は家が断絶となった元御目付の次女だった。出世も望めぬ益のない縁談にもかかわらず、市之進は信念を貫いていっしょになった。

蔵人介は、得難《えがた》い心のありようをみたおもいだった。

市之進の気概や潔《いさぎよ》しと、志乃さえも手放しで褒めた。

その錦が「懐妊いたしました」と告げ、市之進は顔を赤らめる。

姉の幸恵はたいそう喜び、虎の子の煉《ね》り羊羹《ようかん》を茶菓子に出した。

甘い物が好物な市之進はほくそ笑み、茶も呑まずに羊羹をぺろりと平らげる。

「ああ、美味い。ところで、本日は錦の懐妊をお伝えにまいったわけではありませぬ」

「ん、そうなのか」

「じつは、御目付筆頭の木滑弾正《きなめりだんじょう》さまより、直々の密命を賜りましてな」

「ほう、密命とは何じゃ」

「申せませぬ」

「えっ」

「密命ゆえ、申せませぬ」

「何だそれは。密命を賜ったと自慢したいだけか」

「そういうわけではございませぬが」

「だったら、もったいぶらずに喋ってみろ」

最初から言いたくて仕方がないという顔をしている。

市之進はわざとらしく溜息を吐き、冷めた茶をずるっと啜った。

「詮方ござらぬ。義兄上《あにうえ》、口外《こうがい》せぬとお約束を」

「莫迦な。わしを信用できぬというなら、とっとと失《う》せろ」

「およよ、なにゆえ、お怒りになられます」

「おぬしのすっとぼけた面をみているだけで、頭に血がのぼってくるのよ」

「歳《とし》ですな。怒ってばかりいると、こめかみの脈が切れますぞ。よいよいの爺さまになったら、どうされる。誰も面倒をみてくれませぬぞ」

「ふん、そうなるまえに、皺腹《しわばら》を切ってやるさ」

「拙者が介錯《かいしゃく》いたしましょう」

「おいおい、物騒なことを抜かすな」

幸恵が様子見に訪れ、ふたりの掛けあいを楽しそうに眺めている。

むきになって口喧嘩をするところなどは、血の繋がった兄弟のようだ。

幸恵が居なくなると、市之進は襟をすっと正した。

「されば、お教えいたしましょう。数日前、金座の後藤家に仕える番頭《ばんとう》のひとりが辻斬りにあいました。辻斬りの下手人を探しだし、捕縛せよとの命にございます」

「辻斬りの探索ならば、町奉行所の役目であろう」

「さにあらず。これは金座御金改役の後藤三右衛門さまから御老中首座であられる松平周防守康任さまを通じて、木滑さまへ直々にお達しがあった密命にございます。その理由をお尋ねしたところ、木滑さまは耳打ちしてくだされました」

何でも、斬られた利介《りすけ》なる番頭は金座から貴重なものを盗みだした。それが辻斬りの手に渡れば、天下を揺るがす一大事、後藤家もただでは済まぬし、幕府の沽券にも関わってくる。ゆえに、草の根を分けてでも下手人をみつけだし、盗まれた貴重なものを取り返さねばならない。

「後藤家の依頼だけに、ないがしろにはできませぬ。ましてや、町奉行所のぼんくら同心どもに任せるなどもってのほか、笑止千万《しょうしせんばん》にござる」

鼻息も荒い義弟のことはさておき、蔵人介はきな臭さを感じていた。

そもそも、江戸幕府開闢《かいびゃく》のころより金座を任されていたのは、京洛で金銀象嵌《きんぎんぞうがん》を生業《なりわい》にしていた後藤庄三郎《しょうざぶろう》家だった。二代目は大権現家康の御落胤《ごらくいん》とも噂され、貨幣鋳造の特権を与えられていたが、今から二十五年前、すでに隠居していた九代目光暢《みつのぶ》の横領が発覚し、庄三郎家は断絶した。後任に就いたのが分家の後藤三右衛門方至で、今は二代目の光亨が継いでいる。

光亨は、信濃国飯田《しなののくにいいだ》に生まれた商人の子だった。婿養子となって三右衛門家を継ぎ、金座御金改役となった。算勘《さんかん》に明るく、胆も太い。役目柄、甘い誘いはいっさい受けつけぬ堅物にみえて、その実、野心旺盛で駆けひきに長け、幕府のお偉方とも通じている。老中首座として権力をふるう松平康任の密命を受け、天保通宝の鋳造を献策《けんさく》した張本人とも目されていた。

「それで、下手人に繋がる端緒は得られたのか」

「丹念に聞きこみをおこなったところ、番頭が斬られるのをみた者がおりました」

「ほう」

「下手人は虚無僧《こむそう》であったとか」

「ん、虚無僧か」

「ただの辻斬りではござりませぬ。最初から、番頭の命を狙った者の仕業ではあるまいかと」

「なるほど。して、盗まれた貴重なものとは何だ」

「そればかりは、お教えできませぬ」

蔵人介はふっと笑みを洩らし、あっさり吐きすてる。

「天保通宝の鋳型《いがた》ではないのか」

「げっ、どうしてそれを」

「後藤家の番頭が盗むとしたら、長月《ながつき》に発行される新銭の鋳型であろう。おおかた、その番頭は贋銭造りの悪党どもから脅されたか、金を摑まされたのだ。取引を事前に知った者が鋳型を横取りしたにちがいない」

「冴《さ》えておりますな。義兄上、いや、感服《かんぷく》つかまつりました」

「よいか、だいじなことを教えてやろう。『下手人は殺めたところへ舞い戻る』というものさ」

「なるほど」

「ほかに手懸かりは」

「屍骸をみつけた夜鷹《よたか》が、妙なことを申しておりました。何でも、屍骸のそばから山梔子《くちなし》の匂いが立ちのぼっていたと」

「山梔子か」

「夜鷹が申すには、山梔子の匂い袋ではないかと。もしかしたら、下手人が携えていたのやもしれませぬ」

「なるほど、匂い袋か。それなら、容易に匂いは消えぬな」

「義兄上、どうかなされたか」

蔵人介は、浄瑠璃坂で擦れちがった娘のことをおもいだしていた。

山梔子の色香に惑わされ、落とし文をされたことにも気づかなかったのだ。

おかげで、幸恵ともども西向天神まで足労するはめになり、馬庭念流の刺客どもに襲われ、秋吉父子の凄惨な最期を知ることにもなった。

ばらばらの出来事が、裏ではすべて繋がっているような気もしてくる。

それを解明するためには、義弟の力を借りる場面も出てくるのかもしれない。

「市之進よ、木滑さま直々の密命をお受けするとは、おぬしもずいぶん出世したものだな。褒めてつかわす」

「ぬはは、これは驚きました。義兄上に褒められるとは、おもってもみませなんだ」

「喜ぶのはまだ早いぞ。手柄をあげてこそのお役目だ」

「承知しております」

「されど、焦りは禁物《きんもつ》。下手人を取りちがえたら、腹を切らねばならぬ。新銭の密鋳が関わっているとすれば、なおさら慎重にならねばな。後藤家も必死ゆえ、秘密を外に洩らさぬように手を打ってくるであろう。場合によっては、秘密を知るおぬしの命も危うくなるやもしれぬ」

「まさか、拙者の口を封じるとでも」

「何が起こるか知れぬゆえ、心して掛かれと申しておるのだ」

「はあ」

柔術と捕縄《ほじょう》術には長けているものの、肝心の剣術は今ひとつだけに、義弟のことが少し案じられた。

「よし、下手人をみつけたら、いの一番に報《しら》せよ。わかったな」

不満げな市之進に承知させ、蔵人介は頭をさまざまにめぐらせた。

落とし文は人ちがいではなかった。わざとなされたものだったとしたら、その狙いは何なのか、探りださねばならない。しかも、天保通宝の密鋳疑惑が絡んできている。みずからの失態で取り逃がした但馬屋藤八とも、何らかの繋がりがあるやもしれず、どっちにしろ、放っておくことはできそうにない。

鍵になるのは、山梔子の匂い袋か。

蔵人介は犬のように鼻を動かし、市之進から怪訝《けげん》な顔をされた。

七

草市《くさいち》の喧噪は消えた。

十三日からは盂蘭盆会《うらぼんえ》、武家でも町家でも精霊棚《しょうりょうだな》を設け、迎え火を焚《た》いて先祖の霊を迎える。

蔵人介は線香をあげるべく、姫路藩中屋敷の秋吉家へ向かった。

藩邸の正門にも夕刻から迎え火が焚かれ、麻裃《あさがみしも》の藩士たちが出入りしている。

矢背家も盆の入りは菩提寺《ぼだいじ》へ向かい、祖霊を連れて帰る習慣があった。ゆえに、さほどのんびりとしてはいられないが、どうしても、秋吉父子の霊を慰めたいとおもい、やってきたのだ。

長屋の入口には苧殻《おがら》が焚かれ、軒には白張提灯《しらはりぢょうちん》がぶらさがっている。

敷居をまたぐと、内は閑散としており、仏壇のまえに老女がぽつんと座っていた。

秋吉左門丞の妻女だ。縮んでしまったようにみえる。

「ごめん」

声を掛けると、幽鬼《ゆうき》が振りむいた。

ったのかもしれない。


「矢背蔵人介にござります」

名乗っても、何ひとつ反応しない。

忘れてしまったのか。あるいは、夫と長子を失い、あまりの悲しさに惚《ぼ》けてしまったのかもしれない。

蔵人介は一礼し、草履《ぞうり》を脱いで板の間にあがった。

膝を折り敷いて躙りより、妻女の面前で両手をつく。

「こたびは悲しい出来事が重なり、さぞかしお辛いことにござりましょう。お悔やみ申しあげます」

顔をあげると、妻女の目にじんわりと涙が滲《にじ》んできた。

「せんだってお越しいただいた、お毒味役の方であられますね」

「おもいだしていただけましたか」

「ご無礼をお許しくだされ。なにぶん、当主につづいて長男まで失ったもので」

「無理もござらぬ。されば、失礼してご焼香《しょうこう》を」

蔵人介は仏壇のまえに座り、真新しいふたつの位牌《いはい》をみつめながら線香をあげ、短く経を唱えた。

「盆の入りにお越しいただき、当主もさぞかし喜んでいることでしょう」

「ご次男はどうなされた」

「それが、一昨日の晩から帰っておりませぬ」

「盆の入りにも帰らぬとは、ご心配ですな」

「くれぐれも、仇討ちだけはしてくれるなと申しておきましたが、それだけが心配で」

「まさか、それはござりますまい」

と応じつつ、蔵人介も案じていた。

すでに、出世の道は閉ざされたに等しいが、父と兄の仇を討たねば、小次郎は姫路藩で居場所を失ってしまう。侍の子として生まれたかぎり、死ぬまで怨念《おんねん》の連鎖を引きずるしかないのだ。

母にもそれがわかっている。すでに、覚悟も決めているようだった。が、せめて、最後の盆だけはともに過ごしたい。

その一心で、小次郎の帰りを待っているのである。

侍とは因果《いんが》な生き物だと、蔵人介はおもわざるを得ない。

「されば、失礼いたします」

帰りかけたところで、妻女に引きとめられた。

「矢背さま、当主の左門丞より、言《こと》づてを預かっております」

「え、まことでござるか」

「はい。夜釣りのお約束を果たせず、まことに心苦しいが、まんがいち、それがしに何かあったときは、お訪ねいただきたいお方がおられる。そのお方ならば、貴殿の問われたことにご返答いただけようと、当主はかように」

「お待ちを。それは、いつのことにござります」

「矢背さまがおみえになった晩、亡くなる前夜にござります。夜も更けたころ、虚無僧のすがたをなさったお方がひとり、訪ねてまいりました」

「虚無僧」

「はい。当主はずいぶん遅くまではなしこみ、そのお方が帰られたあと、わたくしを呼んだのです」

「ご当主はいったい、どなたを訪ねよと」

「駿河台《するがだい》の御旗本、仙石隼人正《せんごくはやとのしょう》さまのお名を口にいたしました」

「仙石隼人正さま」

「但馬出石藩に関わりのある禄高五千石の御大身《ごたいしん》であられます。お亡くなりになった御先代の御母堂《ごぼどう》さまが当酒井家のご出身という関わりから、当家ともご縁が繋がり、従前より盆暮れにはご挨拶をさせていただいておりました」

「ほう、なるほど」

おもいがけぬところで出石藩に縁ある者の名を聞いたので、蔵人介の胸はざわめきはじめた。

それよりもまず、聞いておかねばならぬことがある。

串部によれば、左門丞は上屋敷門前で室津と口論になり、悔しまぎれに刀を抜いたはずだった。

だが、妻女のはなしから推せば、前夜から死を決していたことになる。

そのあたりの経緯を、聞いておかねばならない。

「ご内儀、酷《こく》なことを問うようでござるが、ご当主は死を覚悟なさっておられたのではなかろうか」

「いかにも、さようにござります。この命と刺しちがえてでも、とあるご重臣に法の裁きを受けさせねばならぬと、かように発し、斬奸状《ざんかん》をしたためてまいりました」

「斬奸状。ということは、誰かを斬るおつもりだった」

室津庄左衛門であろうか。

「どなたかは存じあげません。斬るべき理由も、わたくしは情けないことに知らないのでござります」

致し方あるまい。夫のやるべきことを信じ、黙って送りだしてやるのが武士の妻というものだ。

それにしても、悲しすぎる。

死ぬとわかって夫を送りだす妻女の気持ちを考えると、蔵人介は居たたまれなくなった。

ともあれ、秋吉左門丞の律儀さには頭の下がるおもいだ。

明日にでも、駿河台の仙石家を訪ねてみなければなるまい。

八

盆の最中《さなか》、双親《ふたおや》の健在な家では刺鯖《さしさば》で長寿を祝う。これを「生身霊《いきみたま》の刺鯖」とも称するのだが、刺鯖とは背開きにして一塩《ひとしお》にしたものを二枚重ねて刺したもので、蓮飯《はすめし》などとともに膳に供す。「願わくは父母をして寿命百年病なく、一切苦悩の患《うれい》なからしむ」と唱和《しょうわ》してから食べる。

矢背家でも、同じように唱和して刺鯖を食べた。

志乃の長寿を願ってのことだ。

「信頼どのはあの世へ旅立たれたが、わたくしの心に生きております。ゆえに、祝わぬという道理はない」

ここ数年、盆になると志乃はそう言い、生身霊の行事をやらせるのだ。

「いつまでも生かされて、養父上《ちちうえ》もたいへんだな」

口では皮肉を洩らしつつも、蔵人介は自然と微笑んでしまう。

いつもは勝ち気な志乃の弱さや愛らしさに触れるおもいがするからだ。

刺鯖の小骨が、奥歯の深いところに挟まっていた。

煌々《こうこう》と道を照らす小望月《こもちづき》を愛でながら、駿河台の武家屋敷を歩いている。

昌平橋《しょうへいばし》から神田川に沿って太田姫稲荷《おおたひめいなり》に向かう急坂、淡路坂《あわじざか》の途中に、さるすべりが植えられていた。紅色に咲きほこる花が門番の代わりに佇《たたず》む大きな屋敷が、どうやら、仙石隼人正の自邸らしい。

ふと、秋吉家の客間に飾られていたさるすべりをおもいだす。

蔵人介はためらわずに歩みより、豪壮な門を敲《たた》いた。

「たのもう、たのもう」

しばらくして脇の潜り戸が開き、下男らしき老人が出てくる。

顔をしかめ、口をへの字に曲げて結んだ顔が、べしみの能面に似ていた。

面打ちを嗜《たしな》む蔵人介が好んで打つのは狂言面で、なかでも閻魔顔の武悪《ぶあく》面を得《え》手《て》としているが、地獄の鬼神とも吽像《うんぞう》の顔とも称されるべしみの面もまた捨てがたい。

「どちらさまで」

べしみが口をもごつかせた。

蔵人介は襟を正す。

「矢背蔵人介と申す」

「はて、聞きおぼえがござりませぬが。どちらの矢背さまで」

「本丸の御膳奉行だ。姫路藩勘定吟味役、秋吉左門丞さまのご紹介でまいった」

べしみの目が、きらりと光る。

「少しお待ちを」

少しどころか、小半刻も待たされた。

焦《じ》れる気持ちを抑えかね、門を敲こうと構えたとき、そこはかとない芳香が漂ってきた。

——びゅん、ひゅるる。

弦音《つるおと》とともに、鏑矢《かぶらや》が飛んでくる。

顔を避《よ》けると、矢は門扉に刺さった。

振りむけば、土手の柳を背にして、顔の白い娘が佇んでいる。

齢は十七か八。弓は手にしておらず、矢を放った者かどうかもわからない。

「けっ」

娘に気取られていると、練塀のうえから黒い影が落ちてきた。

——ばさっ。

袖を断たれた。

咄嗟に躱さねば、首筋を斬られていたところだ。

「ふん、躱しやがった」

黒い影は地べたに転がり、ひょっこり起きあがる。

「おぬしはさきほどの」

下男の老爺《ろうや》だ。

「そうよ。おれの名は文蔵《ぶんぞう》。べしみの文蔵さ」

「ふっ」

「何が可笑しい」

「綽名《あだな》がべしみとは恐れいった。そのまんまの顔だからな」

「うるせえ。てめえ、命を狙われているんだぜ」

「なぜ、わしの命を狙う」

「怪しいからさ。御屋敷に近づく怪しい者は、誰であろうと死んでもらう」

「そいつは物騒《ぶっそう》なはなしだ。ところで、あの娘は」

「わしの娘よ。もっとも、捨て子だがな。わしが拾って、立派な巾着切《きんちゃくきり》に育てあげたのさ」

「巾着切だと」

「ああ、そうさ」

娘が懐手《ふところで》で近づいてくる。

「あたしの名は袖釣《そでつ》りおせん、あんたの風体にはみおぼえがあるよ」

小粋な貝髷《ばいまげ》に鼈甲の笄《こうがい》をぐさりと挿《さ》し、茶がかった匂い縞《しま》の着物に漆黒に金糸《きんし》で芭蕉《ばしょう》模様の描かれた帯を締めている。

「おぬしか、浄瑠璃坂で落とし文をやったのは」

「よくわかったね」

「山梔子の匂いさ」

「これかい」

おせんは袖口から、匂い袋を取りだした。

べしみの文蔵が「ちっ」と舌打ちをする。

「匂いを残すなと言ったろうが」

「わざとだよ、おとっつぁん。鬼役をこの御屋敷へ呼びこむのが狙いなんだろう。鼻が利けば、たどりつけるって寸法さ。予想より、遅かったけどね」

「どういうことだ」

問いかけると、文蔵は肩をすくめた。

「さあな。難しいことは、おれらにゃわからねえ。おれもおせんも、お殿様から言われたとおりにするだけさ」

「お殿様とは、仙石隼人正のことか」

「五千石のお殿様を呼び捨てにするんじゃねえ」

「おぬしら、仙石家に雇われておるのか」

「たしかに、雇われちゃいるが、金で動いているんじゃねえぜ。お殿様にゃ山よりも重い恩がある。かまわぬ、水火《すいか》も厭《いと》わずってやつさ」

文蔵は芝居がかった仕種で言い、見得《みえ》を切ってみせる。

蔵人介はおもわず、吹きだした。

「ふん、べしみが團十郎《だんじゆうろう》をまねてどうする」

と、そのとき、正門がぎぎっと開かれた。

白張提灯を提げた瓜実顔の侍がひとり、着流しの恰好でぽつねんと立っている。

「あっ、お殿様」

文蔵とおせんが、その場に平伏した。

蔵人介もおもわず、お辞儀をする。

「本丸の鬼役どのか」

「は」

「仙石隼人正じゃ。秋吉左門丞どのから聞いておる。ともあれ、なかへ」

「はは」

自然とかしこまってしまうのは、隼人正という人物の持つ資質によるものなのか。

もしかしたら、出石藩の宗家と同じ「仙石」という名の威厳かもしれない。

蔵人介は隼人正の背につづき、抹香《まつこう》臭い屋敷のなかへ消えていった。

九

濡れ縁越しに、蒼々《あおあお》とした月明かりに照らされた中庭がみえる。

仙石隼人正は柔和《にゅうわ》な笑みを浮かべ、煎茶《せんちゃ》で口を湿らせた。

「さあて、何からおはなしすればよろしいのやら」

「おせんという娘が申しました。それがしを御屋敷へ呼びこむ狙いで、落とし文をやったのだと」

「さよう。信用がおけて腕の立つ剣客《けんかく》を探していたら、貴殿《きでん》を紹介してくれた者がおっての。ただ、わしは疑りぶかい性分ゆえ、腕をためさせてもらった。なるほど、強い。馬庭念流の猛者《もさ》どもを難なく仕留《しと》めたとか。秋吉左門丞の名を借りたのは、こちらの名を知られたくないがため。秋吉の筋からこちらをお訪ねいただくのを、心待ちにしておった」

嵌《は》められたようなものだが、なぜか腹は立たない。

正直で屈託《くったく》のない物言いが、そう感じさせるのだ。

それでも、文句のひとつくらいは言っておきたかった。

「秋吉どのは、仙石さまの企図されるところを存じておられませなんだぞ」

「迷惑を掛けたかもしれぬ。されど、察してくれたはずじゃ。それを証拠に、貴殿は訪ねてこられた」

「されば、拙者の名を洩らした者の名をお教えくだされ」

「それはできぬ。名を伏せるように言われた。敵でないことだけは確かじゃ。なにせ、神谷転《かみやうたた》を牢から解きはなってくれたのじゃからな」

「神谷転どのとは」

首をかしげる蔵人介に向かって、隼人正は不思議そうな顔をする。

「神谷を知らぬのか。仙石家の行く末を誰よりも憂う志士じゃ。密使として、ようはたらいてくれた。佞臣の正体が幕閣の一部お偉方の知るところとなったのも、神谷の功績に拠《よ》るところが大きい」

「佞臣とは、誰のことでござりましょう」

「藩大老の仙石左京《さきょう》にきまっておろう。左京こそがすべての元凶《げんきょう》、宗家をないがしろにして、出石藩五万八千石を乗っとろうと狙っておる」

御家騒動のはなしだ。

仙石家は代々、藩大老を一門の仙石左京家、勝手方頭取《かってかたとうどり》を仙石造酒《みき》家の二家で分《ぶん》掌《しよう》してきた。ことに、左京家は宗家に近く、第二代藩主政房《まさふさ》を輩出《はいしゆつ》しているほどの家柄だ。

つまるところ、仙石騒動とは一門の有力な二家の権力争いにほかならない。まだ表沙汰《おもてざた》にはなっていないものの、城内でも噂はあったし、蔵人介も但馬屋藤八との関わりから、ある程度の経緯は調べている。

争いの火種《ひだね》は、今の第七代藩主久利《ひさとし》が生まれた十五年前から燻《くすぶ》っていた。逼迫した藩財政を立てなおすべく、前藩主の政美《まさよし》は藩政の改革に乗りだした。このとき、藩大老の左京は新たな産業の振興と藩士俸給《ほうきゆう》の大幅な削減、運上金《うんじようきん》の値上げなどを掲げ、一方の勝手方頭取の造酒は質素倹約令の励行《れいこう》を主張して真っ向から対立した。

政美は左京の政策を推進させたが、はかばかしい成果はあがらず、藩士や御用商人の反撥《はんぱつ》を招いたことで、左京派の改革は頓挫《とんざ》する。堅実な造酒派のほうが息を吹きかえすなか、藩主の政美は二十八の若さで頓死《とんし》した。今から十一年前のはなしだ。参勤交代で出府《しゆつぷ》する途中で発病し、江戸藩邸に到着してすぐに亡くなったので、左京派による毒殺が疑われたという。

久利が幼君となり、隠居していた先々代の久道《ひさみち》が後見となってからは、しばらくのあいだ造酒派が藩政を握っていた。ところが、造酒が側近を重用したことから派内に亀裂が生じ、造酒自身は隠居を余儀なくされる。

こんどは左京派が息を吹きかえし、藩の重役から造酒派をことごとく斥《しりぞ》け、やがて造酒自身が亡くなると、藩政を意のままに操りはじめた。

江戸で旗本となっていた仙石隼人正は、当初、中立の立場であったという。

「左京の策は良いところもあれば、行きすぎた面もあった。一方、倹約一辺倒の造酒の策はあまりに知恵がなさすぎる。いっときは、左京の策に期待したこともあった。それはみとめるが、藩士の禄米《ろくまい》をあまりに減らしすぎた。しかも、左京とその一派は藩士たちと痛みを分かちあおうとしなかった。一部の御用商人から多額の賄賂を貰い、自分たちだけは甘い汁を吸っておったのじゃ」

そのことが証明された一件が、今から四年前にあった。

「左京がとある大物と姻戚《いんせき》になるべく、長男の縁談を成立させたのじゃ」

大物とは、誰あろう、老中首座の松平周防守康任であった。

「左京は周防守さまの姪御《めいご》を迎えるために、六千両もの賄賂を使ったと言われておる。わしは耳を疑った。藩士が腹を空《す》かせておるというに、莫大《ばくだい》な無駄金を使って一族の隆盛《りゅうせい》をはかろうとは、どう考えても許される所業ではあるまい」

造酒派の残党は強く反撥し、左京の行状を先々代の久道に直訴した。だが、相手にされず、全員蟄居《ちっきょ》を命じられた。このとき、直訴《じきそ》をおこなった首謀者の重臣河野《こうの》瀬兵衛《せいべえ》は藩を逐《お》われて江戸にのぼり、仙石隼人正に助けを求めた。

「河野はわしの面前で噎《むせ》び泣き、艱難辛苦《かんなんしんく》を強いられる国元の藩士たちの惨状を切々《せつせつ》と訴えた。わしはえらく心を動かされてな、爾来、左京に抗《あらが》う急先鋒《きゅうせんぽう》となることに決めたのじゃ」

それが二年前のはなしだという。

隼人正の手足となって動いたのが、用人頭の神谷転《かみやうたた》であった。

「なにせ、左京は絶大な権力を握っておる。公然と抗《あらが》えば、全力で潰しにくるのが目にみえておった。ゆえに、慎重に事をすすめるためにも、信頼のおける剛《ごう》の者が欲しかった。まさに、神谷はうってつけの男でな」

神谷が最初におこなった役目は、河野瀬兵衛のしたためた弾劾状《だんがいじょう》を久道の正室である軽子《かるこ》に届けることだった。

軽子は渋谷宮益坂《しぶやみやますざか》の出石藩下屋敷に起居《ききょ》しており、経費を大幅に節減されて耐乏生活を強いられていたため、左京にいささか恨みを抱いていた。それもあってか、弾劾状の内容を鵜《う》呑《の》みにし、左京は藩士から取りあげた俸禄を不正に蓄財していると、国元の久道に訴えた。

「ただし、弾劾状は敵の知るところとなった。久道さまが左京にみせ、直《じか》に詰問《きつもん》したからじゃ」

左京は驚き、みずから江戸にのぼって、軽子に必死の弁明をこころみた。と同時に、捕り方を総動員して、領内に戻っていた河野瀬兵衛の消息を探らせた。

「河野は天領の生野銀山《いくのぎんざん》で捕縛されたと聞いておる」

「天領で」

「妙なはなしであろう。本来なら、勘定奉行の許可が必要なところを、かねて親密な生野奉行と結託して、勝手に捕縛させたのじゃ。ところが、左京も生野奉行も罰せられはしなかった。なぜだとおもう。周防守さまのご意向がはたらいたのさ」

昨秋、目の上のたんこぶでもあった久道が亡くなり、左京の権力は盤石《ばんじゃく》なものとなった。

今年になって、河野瀬兵衛は斬罪に処せられ、神谷転も江戸にて捕縛された。

「神谷を捕まえたのは、南町奉行筒井和泉守《つついいずみのかみ》さまの配下じゃった。町奉行所が周防守の命で動いたことはあきらかじゃ。ふん、莫迦らしい。老中首座ともあろうお方が、一藩の大老ごときに頼まれて町奉行所の捕り方を動かしておるのだ。これひとつとっても、不届き千万《せんばん》なはなしであろう」

神谷は利口《りこう》な男で、捕縛される事態を想定し、下総松戸《しもうさまつど》の一月寺《いちげつじ》で普化宗《ふけしゅう》に帰依《きえ》していた。

「友鵞《ゆうが》と号してなあ。ふふ、虚無僧に身を窶《やつ》していたおかげで、左京の手に引きわたされずに済んだ」

神谷が町奉行所に捕縛されたのを知り、一月寺の僧侶たちが騒ぎだした。

仏門に帰依した者は寺社奉行の手で裁かれねばならぬと主張し、一刻も早い解きはなちを要求したのだ。

「じつは、わしが仕掛けた。いや、わしに耳打ちしてくれた者がおった。その者の描いた絵のとおり、一月寺に掛けあい、神谷の身柄が町奉行所から移されるように謀《はか》ったのじゃ」

事は思惑どおりにすすみ、神谷転は脇坂中務大輔の役宅へ移された。

「河野瀬兵衛の遺した弾劾状とともにな」

「では、神谷どのは今も脇坂さまのもとに」

「表向きはそうなっておるが、わしが頼んで解きはなっていただいた。神谷は今、左京を断罪すべく、悪事不正の動かぬ証拠を摑みつつある」

隼人正は立ちあがり、文筥《ふばこ》のようなものを携えてきた。

蓋を開け、袱紗に包んだものを取りだす。

「あっ」

おもわず、蔵人介は叫んだ。

隼人正が、にんまり笑う。

「さよう、これは天保通宝の鋳型じゃ。後藤家の利介なる番頭が盗みだし、敵のもとへ持ちこもうとした。それを事前に察した神谷が番頭を斬り、鋳型を奪いかえしたというわけじゃ」

「なるほど」

やはり、隼人正の言った悪事不正とは銅貨密鋳に関わるものであった。

首謀者は仙石左京で、後ろ盾には老中首座の松平周防守がついている。得体の知れない但馬屋藤八も関わっていようし、姫路藩の内部にも協力者がいるにちがいない。

「姫路藩は幕府の命にしたがい、生野銀山に役人や坑夫を数多く送っておる。ゆえに、以前から生野奉行と結び、銀や銅の横流しをしているとの噂が絶えなかった」

一部重臣の不正を綿密に調べあげたのが、勘定吟味役の秋吉左門丞であった。

「秋吉は神谷と同じ龍野の生まれでな、ふたりは竹馬の友でもあった」

「それで、秋吉どのは調べを」

「さよう、当初は間者になるのを渋ったが、神谷が粘り強く説得したのじゃ」

なるほど、床の間に飾られたさるすべりの意味がようやくわかった。

秋吉は「敵を舐めてかかれば、痛い目をみる」という友の教訓を胸に、重臣の不正をあばこうとしたのだ。

「ご内儀によれば、秋吉どのは斬奸状をしたためていたと聞きました」

「秋吉左門丞は忠誠心の篤い潔癖な男じゃ。上役の不正を知り、みずからの手で始末をつけようとしたのであろう。われらに相談してくれれば、あたら命を落とさずに済んだかもしれぬというに」

「不正をおこなっていた重臣とは、秋吉どのの上役だったのでござりますね」

「姫路藩の勘定奉行、財部調所《たからべずしょ》じゃ。秋吉は斬奸状を懐中に忍ばせて出仕したものの、目途《もくと》を遂げる直前で刺客の手に落ちた。そう、聞いておる」

「刺客とは、室津庄左衛門のことでござりますな」

「ふむ。秋吉左門丞がさきに刀を抜いたようにみせかけ、斬りすてるや、懐中から斬奸状を奪ったのじゃ。じつは、後藤家の番頭と通じておったのも、室津であったと聞いておる。室津庄左衛門が財部調所と繫がっておるのは確かだが、肝心の素姓は判然としておらぬ」

蔵人介は膝を躙りよせる。

「仙石さま、ひとつお聞きしてもよろしゅうございますか」

「何なりと申してみよ」

「一月寺を動かして神谷どのの身柄を移せと、仙石さまに耳打ちした者のことでござります。もしや、容貌魁偉な男では。しかも、その者が拙者をここに導こうとしたのではござりませぬか」

隼人正の眉が、ぴくりと動いた。

やはり、そうなのだ。

仙石騒動に関しても、川路弥吉の影がちらついている。

「勘が鋭いの。じつは、わしはあの連中のことを、いまひとつ信用しておらぬ。わしは仙石家の行く末だけをおもって、左京という佞臣の罪をあばこうとしておる。されど、あの連中の狙いはちがう」

蔵人介も合点《がてん》できた。

隼人正が「あの連中」と呼ぶのは、脇坂中務大輔や川路弥吉のことだ。

橘右近も言っていたとおり、脇坂は老中首座の松平康任を排除したいと願っている。みずからがその地位に取って代わるか、あるいは、意のままになる人物を幕閣の中心に座らせたいのではあるまいか。

いずれにしろ、醜い権力争いの臭いがする。

規模の大小こそあれ、仙石家の内紛と変わらぬではないか。

人の飽《あ》くなき野心と欲望が、血腥い争いの根底にあるのだ。

純粋に宗家の平安を願う隼人正はそのことを敏感に察し、相容《あいい》れない感覚を抱いているにちがいない。

ともあれ、事は複雑な様相をみせつつある。

蔵人介は知らず知らずのうちに、権力争いの大きな渦に巻きこまれていくのを感じていた。

十

芝増上寺裏。

閻魔の斎日《さいにち》でもある藪入りの十六日から数日のあいだ、江戸の往来は盆踊りに興じる若い男女で埋めつくされる。

切子灯籠《きりこどうろう》の灯りが点々とつづくなか、揃いの浴衣《ゆかた》で練り歩く町娘たちもいれば、櫓《やぐら》を構えて鉦《かね》や太鼓を打ち鳴らし、輪になって踊りつづける連中もいる。世の中はそっくり無礼講《ぶれいこう》の様相をみせ、このときばかりは何をやっても、たいていは許された。

神谷転は深編笠《ふかあみがさ》の内で、ぎろりと眸子を剝いた。

向こうの正面から、盆踊りに興じる若い男女がやってくる。

もしかしたら、あのなかに刺客が潜んでいるかもしれない。

そうおもったら、どの顔も怪しくみえた。

大路を避け、横道にひょいと逸れる。

左右を振りむいた。

誰もいない。

さきほどの喧噪が嘘のように、静まりかえっている。

人の気配すらないので、尺八を吹くのもためらわれた。

盆の回向に尺八を吹くのは、普化宗に帰依した虚無僧ならあたりまえのことだ。

——友鶯、吹くがよい。

憎である自分に呼びかけても、不安は拭いきれなかった。

せっかく拾った命を粗末にはできない。

まだ、やるべきことは残っている。

仙石左京の悪事をあばき、大老の座から引きずりおろさねばならぬのだ。

もちろん、仙石隼人正に命じられたとおり、事を隠密裡《り》にすすめるのが肝要だった。

左京の罪が表沙汰になれば、出石藩の存続にも関わってくる。

悪党の命と引換に、藩を潰すわけにはいかない。

いざとなれば、国元へおもむき、左京を亡き者にするしかなかろう。

疾《と》うに覚悟はできていた。

いつなりとでも、刺しちがえてやる。

だが、川路弥吉との約束を反故《ほご》にするのは心苦しかった。

――大罪の責めを負うは、仙石左京ひとりにあらず。

川路たちは、左京を生き証人として捕らえたいと願っている。

左京と通じている松平周防守康任の罪をあきらかにし、権力の座から追いおとしたいからだ。

川路に主命を下すのは、寺社奉行の脇坂中務大輔安董である。
脇坂の背後には、老中の水野越前守忠邦《ただくに》が控えているとも聞く。
町奉行所の捕り方に拘束された自分を助けてくれたのは、脇坂や川路であった。
どのような深謀遠慮《しんぼうえんりょ》があるにせよ、命の恩人を裏切るわけにはいかない。
そのあたりに、神谷転の相克《そうこく》がある。
神谷は抜け裏から別の露地へ踏みこみ、芝西久保の坂道をたどった。
近くに出石藩の上屋敷があるので、心ノ臓が縮むようなおもいで歩く。
飯倉《いいぐら》の四ツ辻から榎坂を進み、ひとつ目の三ツ股を左手に曲がった。
狸穴坂《まみあなざか》だ。
しばらく登っていけば、浜田藩の下屋敷にたどりつく。
坂の途中で足を止め、目印を探した。
「あれだ」
道端に、さるすべりが咲いている。
満開を謳歌《おうか》する紅色の花が、いざよう月明かりに映えていた。
惨劇の夜は、半月だった。
さきまわりして、さるすべりの木陰に隠れ、金座の番頭が来るのを待った。

名は利介、ちゃんと調べておいた。

目をつけ、張りこみをつづけたのだ。

番頭の利介が、金座支配の後藤家を裏切ったことは知っていた。何か重要なものを盗まされたと気づいたとき、それが天保通宝の鋳型であろうことは容易に想像できた。姫路藩剣術指南役の室津庄左衛門を尾行していたとき、利介が脅されているのをみかけていたからだ。

室津が姫路藩勘定奉行の財部調所と結び、大量の銅を集めていることは知っていた。竹馬の友であった秋吉左門丞が苦労して調べあげ、財部が但馬国に赴任する生野奉行から銅の横流しを受けている事実も、ほぼ摑んでいたのだ。

集められた銅が贋銭の材料にされることは明白だったし、室津が出石藩に通じていることもわかっていた。姫路藩の悪党は天保通宝の材料となる銅を集め、出石藩の悪党は炉を築いて銅を精製する。それが役割分担だ。足りないものは鋳型だけ、それさえ金座の後藤家から入手できれば、當百銭をいくらでも発行できる。

そうした筋を描いていたので、利介の動きは読んでいた。

ただし、鋳型を持ちこもうとしていたさきが想定外のところだった。

姫路藩でも出石藩でもなく、利介の足は狸穴《まみあな》の浜田藩に向かっていた。

言うまでもなく、浜田藩は老中首座松平周防守のお膝元にほかならない。
いずれにしろ、鋳型を敵の手に渡すわけにはいかなかった。
それに、秋吉左門丞が亡くなったことを知ったばかりだった。
志半ばで逝《い》った友の死を無駄にするわけにはいかなかったのだ。
神谷は、さるすべりの木陰から飛びだし、利介を一刀で斬りふせた。
返り血を浴び、恐怖におののいた。
生まれてはじめて、人を斬ったのだ。
刀は軽く感じられたものの、心に深い業《ごう》を負った。
膝頭の震えが止まらず、動くこともできなかった。
誰かにみられたような気もしたが、確かめる余裕などあろうはずもない。
屍骸の懐中をまさぐって鋳型を奪い、後ろもみずに去るしかなかった。
せめて、祈りを捧げてやればよかった。
神谷は業から解きはなたれたい一心で、利介を斬ったところへ戻ってきた。
「ふむ、ここだな」
血の染みこんだ土を塩で浄め、合掌しながら経をあげる。
と、そこへ。

殺気が、大股で近づいてきた。

「なにやつ」

振りむけば、大柄の侍が立っている。

見掛けない顔だ。

不浄役人ともちがう。

が、あきらかに、待ち伏せをはかっていたにちがいない。

大柄の侍は、ゆっくり近づいてきた。

「下手人は殺めたところへ舞い戻る。ふふ、義兄上の言ったとおりだ。おぬし、金座の番頭を斬ったな」

「なぜ、そうおもう」

「匂いさ」

「匂い」

「さよう。おぬしから、山梔子の匂いがする。下手人は、山梔子の匂い袋を携えておった。つまり、おぬしのことさ」

神谷は奥歯を嚙み、問いを発する。

「室津庄左衛門の配下か」

「室津、誰だそりゃ」

「室津を知らぬのか。とすれば、後藤家の依頼か」

「さよう。わしは徒士目付の綾辻市之進だ」

「徒士目付」

「ああ。そっちも名乗れ」

「友鷲」

「号ではない。姓名があろう」

「姓名は捨てた」

「ふん、まあよい。捕まえて吐かすしかあるまい」

「見逃してほしい。さすれば、おぬしを斬らずに済む」

神谷は大刀ではなく、脇差を抜いた。

「ん、脇差か」

「小太刀のほうが得手でな」

「どうでもよいわ。ぬおっ」

徒士目付は脇目も振らず、からだごと突進してくる。

「なっ」

まるで、暴《あば》れ牛《うし》のようだ。

不意を衝かれた神谷の太刀筋が鈍《にぶ》った。

繰りだされた脇差は、相手の肩を浅く削ったにすぎない。

「何の」

どんと、暴れ牛にぶちかまされた。

その拍子に、神谷の手から刀が離れる。

牛の巨体が、真上から覆いかぶさってきた。

「いやっ」

咄嗟に膝頭を立て、股間を蹴りあげる。

「ぬうっ」

牛は苦悶《くもん》しつつも、馬乗りになってきた。

「……い、息ができぬ」

このまま捕縛されれば、敵のもとへ連れていかれる。

左京の面前に引ったてられたら、斬首は免れまい。

「……た、頼む。見逃してほしい」

神谷は白目を剝きながらも、必死に懇願しつづけた。

十一

ちょうど同じころ、蔵人介も狸穴坂の少し離れたところにいた。

串部とともに、室津庄左衛門の背中を追い、浜田藩の藩邸までやってきたのだ。

坂上には、室津が師範をつとめたことのある北辰一刀流の道場もある。てっきり道場へ参じるものとおもっていたのに、室津は勝手を知る者のように浜田藩の脇門から内へ消えていった。

「室津の正体みたりでござるな」

串部が得意気に囁く。

蔵人介は首をかしげた。

「どういうことだ」

「室津は松平周防守の子飼いなのでござるよ」

剣術指南役として姫路藩に送りこまれ、悪事を取りしきっているのだと、串部はいつもの断定口調で言いきる。

「無論、悪事とは當百銭の密鋳に絡むものでござる。生野奉行とのあいだで、まことに銅の横流しがおこなわれているとしたら、財部調所とか申す勘定奉行以外にも、悪事に荷担《かたん》する重臣はおるかもしれませんな。もしかしたら、藩ぐるみでおこなっているやも」

それはあるまい。姫路藩の藩主である忠学公の正室は公方家斉の愛娘、才気煥発《さいきかんぱつ》との誉《ほま》れも高い喜代姫だ。尻に敷かれた忠学公が幕府の法度に触れる悪事を容認するはずはなかった。

いずれにしろ、悪の根は予想以上に深そうだ。

その鍵を握るのが、室津庄左衛門であることにかわりはない。

小半刻ほど経ったころ、別の人影が正門に近づいてきた。

「殿、あれを」

「ん、どこかで見掛けた顔だぞ。おもいだした。秋吉小次郎だ」

「失踪していた秋吉家の次男坊でござるか」

「ふむ」

「何をしておるのでしょう」

「われわれ同様、室津を尾《つ》けてきたのさ」

「やはり、父と兄の仇を討つために狙っておったのだな」

「小次郎は無外流の練達だ。技倆《ぎりょう》は兄をも超えると言われていたが、如何《いかん》せん、心が弱い。気の優しい性分らしくてな」

「しかも、室津には御前試合で一度負けを喫している。上段打ちに怖れをなして、失禁したとも聞いております」

「万が一にも、勝てるとはおもえぬ」

「どうなされます」

「止めるしかあるまい」

蔵人介の脳裏には、老いた母親の顔が浮かんでいた。

夫と長男を失い、さらに次男まで失ってしまったら、母親はおそらく生きてはいけまい。

蔵人介はゆらりと、物陰から抜けだした。

気配を殺し、小次郎の背後に近づいていく。

「おい」

声を掛けると同時に、小次郎は抜刀する。

振りむくや、問答無用で斬りつけてきた。

「待て」

掌を翳《かざ》しても通用しない。

「父と兄の仇、覚悟」

唾《つば》を飛ばし、刀に気を込めて斬りかかってくる。

太刀筋は鋭い。

頭から爪先まで熱くなり、こちらを仇と信じきっている。

蔵人介も、抜かぬわけにはいかなかった。

「ひゃっ」

中段の突きを躱し、右脇へ逃れる。

「胴が甘いぞ」

指摘してやると、小次郎は口惜しげな顔になった。

真剣を握っているにもかかわらず、一手指南してやりたくなってくる。

力量の差があるからできることだ。

蔵人介は遊び心を擽《くすぐ》られ、愛刀を青眼に構えた。

「わしが仇にみえるか」

「あたりまえだ。おぬし以外に、仇はおらぬ」

「御前試合で敗れたのは、なぜだとおもう」

「知らぬ。負けた試合など、おぼえておらぬ」

「そんなことでは勝てぬぞ。口惜しかろうが、負けた試合をおのれの頭で再現し、相手の太刀筋を冷徹にみつめなおさねばならぬ。一刀一刀、どこで見切られ、必殺の一撃を食らったのか。眼前に迫った死に神の顔までおもいださねば、勝ちをおさめることなぞできぬぞ」

「黙れ」

「勝ちたいとはおもわぬのか」

「ふん、どうだっていい。負ければ死ぬ。それだけのことだ」

「莫迦め、敢えて犬死にを選ぶのか」

「どうとでも言え。くそっ、こうするしか道はないのだ」

小次郎は目を真っ赤にし、刀を右八相に持ちあげる。

月が煌々と照らしているというのに、蔵人介を室津だとおもいこんでいるのだ。

「よいか、負ける勝負はやるな。それがわからぬようなら、おぬしに仇を討つ資格はない」

「資格なぞいらぬ。死ねばそれまでだ」

「今宵が命日になってもよいのか」

「のぞむところ」

「母が悲しむぞ」

「なに」

一瞬、小次郎は怯《ひる》んだ。

蔵人介は隙を逃さず、上段から国次を振りおろす。

――ばすっ。

峰に返して、首筋を叩いた。

「うっ」

小次郎の膝から力が抜け、その場にくずおれる。

「殿、とんだ荷物を背負いこみましたな」

串部がのっそりあらわれ、苦笑してみせた。

十二

矢背家。

秋吉小次郎は目を醒まし、蔵人介から事の経緯を聞かされ、ようやく自分の過ちに気づいた。

「背恰好がそっくりだったもので、つい、仇とみまちがえてしまいました。まことに申しわけございません」

畳に手をつかれ、蔵人介は苦笑する。

「そんなことより、母上のもとへは一度でも戻ったのか」

「本懐《ほんかい》を遂げたら戻ると、文をしたためました」

「母上はおぬしの帰りを、待ちわびておられるぞ」

「さりとて、どうすることもできませぬ。室津庄左衛門の首を獲らぬかぎり、拙者も母も生きる術《すべ》がないのでござる」

「ふうむ」

わからぬではない。仇討ちをやめさせるのは、武士をやめさせることに等しい。やめさせられないとすれば、どうにかして勝つ手だてを考えなければなるまい。

「わしと立ちあってあの程度では、とうてい勝てぬぞ」

「わかっております」

「技倆云々《うんぬん》ではない。勝ちたいという強い心が足りぬのだ」

「仰るとおり、心の底にある恐怖が足をすくませるのでござる」

「御前試合での負けを引きずっておるのか」

「いいえ。むしろ、兄の死にざまが目に焼きついて離れませぬ」

「鶏声ヶ窪での一戦、観ておったのか」

「はい。室津の刀は二尺八寸、兄小太郎の刀は二尺五寸。三寸の差は埋めがたく、兄は抗する術を失いました」

刃長の差以上に、力量に雲泥の差があったというしかない。

だが、小次郎には兄にはない秘策があるという。

「鬼之爪にござる」

「おう、それよ」

姫路藩の御家流として伝えられる無外流には、相手の機先を制して心ノ臓を突く秘剣がある。

「われら兄弟の師匠は、父にござります。鬼之爪は一子相伝ゆえ、本来であれば兄が受けつぐはずだった。されど、父は弱虫の弟に暗殺剣を授けました」

「すなわち、おぬしは秘剣を会得していると申すのか」

「はい」

きりっと口を結んだ小次郎の顔に、蔵人介はひと筋の光明を見出した。

だが、死への恐怖を除かぬかぎり、勝機は永遠に訪れまい。

「おぬしはなかば自暴自棄になり、死ねばそれまでという気持ちで、わしに斬りつけてきた。それはな、生きたいと強く願う心を隠すための方便にすぎぬ。たいせつなことは剣と一体になることだ。剣と一体になるには、おのれの心をどこまでも澄みきった湖のごとく保たねばならぬ」

「どこまでも澄みきった湖」

「何も考えぬということさ。もっと言えば、相手をみずともよい。目ではなく、むしろ耳を使うのだ。感覚を研ぎすまし、的となる心ノ臓の鼓動を聞く。さすれば、おのずと勝機は訪れよう」

ことばで説くことの愚を感じながらも、蔵人介は説かずにはいられなかった。

小次郎はおそらく、生と死を分かつ紙一重のところにいる。

何となく、それがわかったからだ。

兄とちがい、力量で格段に劣っているわけではない。

しかも、秘剣をその身に隠している。

使い方さえおぼえれば室津に勝てるとおもえばこそ、蔵人介のことばは熱を帯びていった。

ところが、はなしの腰を折るように訪れた者があった。

「義兄上、市之進にござります」

汗まみれの顔に、満面の笑みを浮かべている。

「ついに、手柄をあげましたぞ」

「ん、何事だ」

「金座の番頭を斬った下手人を、この手で捕まえました。義兄上に言われたとおり、狸穴坂にあるさるすべりの木陰に潜んでおったら、虚無僧のやつはあらわれたのでござります」

「何だと」

「ふはは、そやつ、みずからが殺ったことを認めました」

「名は」

「号は友鷲とこたえましたが、まだ名乗っておりませぬ。されど、朝まで責めれば吐きましょう」

とりあえず、筆頭目付木滑弾正の役宅へ運び、その足でここに飛んできたという。

「いの一番に報せよと、義兄上が仰ったものですから、必死に駆けてまいりました。ふはは、木滑さまは『褒美をつかわす』と仰いましたぞ」

「莫迦たれ」

蔵人介は腹の底から怒声を発し、がばっと立ちあがった。

「……ど、どうなされた。義兄上」

驚く市之進の胸倉を摑み、蔵人介は眸子を剝いた。

「どうもこうもない。おぬしが捕まえた虚無僧を、今から助けにいくぞ」

「えっ、何を仰せです。気でも触れたのでござるか」

「うるさい。四の五の言わず、役宅まで先導せよ」

蔵人介は大小を腰に差し、屋敷を飛びだした。

串部はもちろん、小次郎まで従《つ》いてくる。

市之進はわけもわからぬまま、今来た道を戻りはじめた。

十三

筆頭目付の役宅は、番町の鍋割坂《なべわりざか》にある。

市ヶ谷御門を抜け、番町の西端から東端まで行かねばならない。

四人は坂道を登って下り、迷路のように繋がる隘路《あいろ》を駆けに駆けた。

息をぜいぜいさせながらも、どうにかたどりつき、両膝に手をついて顔をあげたところへ、ちょうど役宅の門が開き、罪人を運ぶ唐丸《とうまる》駕籠が出てくる。

「あれだ」

指を差す市之進の襟首を摑み、蔵人介は噛んでふくめるように説いた。

「おぬしは酔っぱらいのふりをして、役人どもの気を引け」

「え、何で拙者が。手柄をあげたのに」

「うるさい。義弟《おとうと》なら、言われたとおりにせよ」

「はあ」

市之進は渋々ながらも、暗がりへ駆けていく。

駕籠はゆっくり遠ざかり、三ツ股の道を曲がって堀端《ほりばた》一番町へ進んだ。

そして、濠《ほり》沿いを右手に曲がり、半蔵御門《はんぞうごもん》のほうへ向かう。

「よし。わしらは先まわりしよう」

蔵人介はそう言い、手拭いを取りだして鼻と口を覆う。

串部と小次郎もこれにならい、三人は別の露地から駕籠の前方へまわりこんだ。

濠から風が吹いてくる。

柳の木陰に隠れ、様子を窺った。

市之進が千鳥足で駕籠に近づき、ふたりの役人たちに絡もうとしている。

「おうい、待ってくれ。わしも駕籠に乗せろ」

担ぎの連中が駕籠をおろす。

役人はふたりだ。

やにわに抜刀し、市之進を斬りつける。

「ひゃっ、何をする」

「問答無用。邪魔だていたすと、斬るぞ」

蔵人介は土を蹴った。

串部と小次郎もつづく。

駆けながら抜刀し、襲いかかっていった。

「ひぇええ」

担ぎの連中は、小汚い尻をみせて逃げた。

役人たちは、恐懼《きょうく》した顔で身構える。

蔵人介は、止まらずに駆けぬけた。

「ぬっ」

ひとりがばたりと倒れ、白目を剝く。

「ぬえっ」

もうひとりは逃げ腰になったが、四人に囲まれて逃げ場がない。

蔵人介は刀をおろし、口を覆った手拭いを引きさげた。

「峰打ちだ、安心せい」

「へ」

「命までは獲らぬ。問いにこたえよ。おぬし、どこの役人だ」

「……は、浜田藩にござります」

「なるほど」

後ろの串部に目をやると、串部が「とりゃっ」と吼《ほ》えた。

咄嗟に振りむいた役人の月代に、蔵人介が峰を落とす。

「うっ」

役人はくずおれ、罪人は唐丸駕籠から助けだされた。

すでに何発か撲られたのか、人相が変わるほど瞼《まぶた》を腫《は》らしている。

「神谷転《うたた》どのでござるか」

蔵人介が尋ねると、罪人は力無くうなずいた。

後ろに控えた小次郎が、まえに進みでる。

「まことに、神谷さまでござるのか。拙者、秋吉左門丞が次男、小次郎にござる」

「……こ、小次郎どのか」

神谷の顔に、ようやく生気《せいき》が蘇る。

だが、その顔はすぐに曇った。

市之進が、ずいと身を乗りだしてきたからだ。

「……お、おぬしは」

「さよう、わしは綾辻市之進。番頭殺しの下手人を捕まえた徒士目付だ」

「……ど、どうして、ここに」

「わからぬ。義兄上にそうせいと命じられたからだ」

不満げな市之進から、神谷は蔵人介のほうに目を移す。

「義兄上とは、貴殿のことでござるか」

「さよう。義弟の手柄を棒に振ってでも、神谷どのを助けねばならなかった」

蔵人介は、名乗りをあげた。

神谷は、不思議そうな顔をする。

「公方さまのお毒味役が、なにゆえ、拙者を助けてくださるのか」

「そうせねば、貴殿の命は無いとおもうたまで。まだ、やらねばならぬことがおありなのであろう」

「……か、かたじけない」

頭を深々とさげる神谷の目から、涙がこぼれ落ちた。

十四

五人は連れだって、御納戸町の矢背家に戻ってきた。

神谷転は幸恵の淹《い》れた煎茶を呑んで落ちつくと、手にした尺八を両手で持ち、くいっと捻る。

白い刃が、きらりと光った。

「仕込み刃でござる。拙者、冨田《とだ》流の小太刀《こだち》を修めておりましてな」

「なるほど、尺八ならば小太刀に近い」

感心する蔵人介に向かって、神谷は土下座をしてみせる。

「おいおい、何のまねだ」

「あらためて、助けていただいた礼をせねばなりませぬ」

「もう、済んだことでござる。かえって、謝らねばならぬのはこちらのほうだ。不肖の義弟《おとうと》が手柄を焦ったせいで、痛い目に遭わせてしまった」

かたわらに座る市之進が、ふてくされた顔になる。

神谷はからだの向きを変え、市之進に土下座してみせた。

「弟御はお役目に忠実であられただけのことにござる。せっかくの御手柄をふいにさせてしまい、申しわけござりませぬ」

「今さら謝ってもらっても詮無いこと。されど、説明はしてもらいたい。義兄が申した『やらねばならぬこと』とは何でござろうか」

神谷は顔をあげ、居ずまいを正した。

「出石藩の大老、仙石左京を断罪することにござる」

「出石藩の御大老を。それはまた豪儀《ごうぎ》な。のはは、義兄上、神谷さまとは、じつにおもしろいお方でござりますな」

「戯れ言だとおもうておるのか」

「へっ」

驚いた鳩のような顔をみつめ、蔵人介はふっと笑う。

「市之進よ、出石藩仙石家の御家騒動は存じておるか」

「はあ、噂だけは。されど、よくは存じあげませぬ」

「そうであろうな」

蔵人介はこほんと咳払いをし、仙石騒動をかいつまんで教えてやった。

小次郎も部屋の隅に座り、神妙な顔で耳をかたむけている。

串部だけはいない。蔵人介の使いで、仙石隼人正のもとへ行った。

市之進は、何度もうなずいた。

「なるほど、騒動の経過はよくわかりました。されど、後藤家の番頭を殺めたことと、どう関わってくるのでしょうか」

神谷は痛いところを衝かれ、顔をしかめてみせる。

蔵人介が、かわりにこたえた。

「番頭の利介は金座から天保通宝の鋳型を盗み、とある人物のもとへ届けようとした。かねて、それと察していた神谷どのが利介を斬り、鋳型を取りもどしたのだ。鋳型は仙石隼人正さまのもとにある。わしもこの目で確かめた。いずれ、後藤家へ戻されることになろうが、おそらく、鋳型を盗まれた不始末の罪からは逃れられまい」

ほかに代わる者もいないので、家業廃絶とはならないまでも、財産の一部を没収される闕所《けっしょ》など、それ相応の罰は与えられるはずだ。

「利介が通じておった人物とは、いったい誰なのでございますか」

「狸穴坂《まみあなざか》のさきには、浜田藩の御下屋敷がある。御屋敷の主はどなただ」

「御老中首座、松平周防守さま」

「さよう。じつは、周防守さまの姪御《めいご》が仙石左京の嗣子に嫁《か》しておる。左京のはたらきかけでな、六千両におよぶ賄賂を積んで姻戚《いんせき》となり、何かと便宜《べんぎ》をはかってもらっておるそうだ」

「それは、まことでござるか」

「妙なはなしではないか。藩政の目玉として當百銭の改鋳を推進した御老中が、裏で鋳型を手に入れ、その鋳型を使って出石藩の大老に贋銭の密鋳をやらせておるのだ。この件に関わっておるのは、出石藩の悪党だけではないぞ。姫路藩の重臣も噛んでおる。生野銀山を司《つかさど》る奉行どもも、銅の横流しに手を染めておるのだ」

「信じられませぬな」

市之進はそう洩らしたきり、黙りこんでしまう。

神谷は言った。

「金座の番頭を殺めたことは悔いております。されど、それがしには贋銭造りのからくりをあばき、それをもって佞臣を断罪する役目がござる。それがしは、左京が憎い。あやつは平気な顔で、藩士の家族ひとりにつき一律一石《こく》八斗《と》を支給する面扶《めんぶ》持《ち》制を施行《しこう》いたしました。あまりにひどい。誰の目からみても過酷すぎる。しかも、藩士の禄米を浮かしてつくった金を賄賂にし、御老中首座の周防守さまと姻戚になることで権力を保持しようとした。いいや、それだけではない。生野銀山の銅を掠《かす》めとり、財を貯《たくわ》えておるのでござる。いまだ、確乎《かっこ》たる証拠は摑んでおりませぬが、深く調べていけば悪事のからくりはおのずと炙《あぶ》りだされてまいりましょう。御舎弟どの、どうか、お汲《く》みくだされ」

「承服はできかねますが、事情は理解いたしました」

市之進は鋭い眼光を放ち、蔵人介のほうへ向きなおる。

「されば、義兄上にお聞きしたい。なにゆえ、このような大それたことに関わったのでござるか」

蔵人介はこほんと空咳を放ち、重い口をひらく。

「それはな、幸恵が落とし文をみつけたからさ」

「姉上が、落とし文を」

「まあ、よいではないか」

お茶を濁《にご》そうとしたところへ、串部が戻ってきた。

貝髷《ばいまげ》の娘をしたがえている。

「あっ、おせん」

と、神谷が叫んだ。

「神谷さま」

おせんは泣きながら、畳に身を投げだす。

その反応をみただけで、神谷を恋慕《れんぼ》しているのがわかった。

市之進が言った。

「この娘からも山梔子《くちなし》の匂いがする」

おせんが神谷に匂い袋を渡したのだ。

蔵人介は、べしみの文蔵が発した台詞をおもいだした。

――お殿様にゃ山よりも重い恩がある。かまわぬ、水火も厭わずってやつさ。

おせんは捨て子であったという。文蔵が拾い、巾着切に育てあげた。

「文蔵は山師《やまし》で、生野銀山に長くおりました」

神谷は、静かに語りだす。

「十七年前、銀山の麓《ふもと》で泣いている赤子を拾った。掘り屋が娼婦に産ませた子、それが、おせんでござる」

ふたりは父と娘になり、銀山で五年を過ごした。ところが、五年目の夏、文蔵は掘り屋の親方に騙《かた》りをやって捕まった。

「そのとき、拙者はちょうど、出石藩勘定方の出役《でやく》として銀山におりましてな、文蔵の詮議に関わりました。たいした罪ではなかったが、半年程度は牢暮らしを強いられることとなった。文蔵がいないあいだ、拙者はおせんの面倒をみることにしたのでござる。妙だとおもわれるかもしれない。されど、そうせずにはいられなかった。何を隠そう、拙者の母は春をひさいでおりました。顔もわかりませぬ。城下町の片隅で拙者を産みおとし、育てられずに武家の門前に捨てた。その家の者に拾われ、拙者は侍の子として育てられたのでござります」

母に恨みはない。捨てられた神谷は厚い古着にくるまれ、拙《つたな》い文字で「おたのもうします」と綴られた文と銭がいくらか添えられてあったという。

「銭はばら銭で、鐚銭《びたせん》やら豆板銀《まめいたぎん》やらがまじっており、それをみせられたとき、拙者は母のことが無性《むしょう》に愛しくなりました。ともあれ、自分と生いたちの似た娘を放っておけず、そのときからの縁で、文蔵とおせんは拙者のもとで暮らすようになりました。些細な揉め事を起こし、故郷を捨てて江戸に出て、仙石隼人正さまに拾ってもらったときも、ともにお世話になることを許してもらいました。それゆえ、隼人正さまには山よりも重い恩を感じておるのでござります」

身につまされるような身の上話であったが、三人の絆がいかに強いかはわかった。

神谷は、がらりとはなしを変える。

「じつを申せば、後藤家の鋳型に似たものは、つくろうとおもえばできなくはない。それが証拠に、六文銭と名乗る群盗どもは本物そっくりの當百銭を鋳造しておりました」

市中に流通するものであれば、よほど注意を払わねば見分けなどできない。ただし、両替商で小判や銀に換金するときには困る。大名が豪商と交わす大口取引などの際は、本物でなければ通用しない。したがって、悪党どもは後藤家の鋳型を欲したとのことだった。

「そうしたことを教えてくれたのは、小次郎どのの父上にほかならぬ。秋吉どのは命懸けで敵の動向を探ってくれたのだ」

秋吉の協力も得て、ほぼ確証を得たことがふたつあると、神谷は言った。

ひとつは、生野銀山の銅は姫路藩御用達の廻船問屋《かいせんどんや》が持つ樽廻船で運ばれ、どこかの湊《みなと》に陸揚げされること。もうひとつは、銅を精製する出石藩の炉は江戸近郊のどこかにあるということだ。

「樽廻船の動きと陸揚げされる湊、そして炉のある場所。この三つさえわかれば、悪事のからくりをあきらかにできましょう。ただし、ひとりの男が壁となって、こちらの探索を阻んでおります」

――室津庄左衛門。

という名を聞き、小次郎の頬が強張った。

神谷は気づきつつも、はなしをつづける。

「それがしがおもうに、室津は周防守の懐刀《ふところがたな》にまちがいない。知恵袋と言われた校倉勝茂が死んだあと、めきめきと頭角をあらわしてきた。もしかしたら、校倉の裏切りを調べたのも、室津かもしれぬ。あの男なら、それだけのことはやってのけましょう。ともあれ、室津には引導を渡さねばなりませぬ」

「闇討ちにいたしますか」

串部が口を挟むと、神谷は首を振った。

「おそらく、無理でござろう。それがしも、何度かこころみようといたしました。されど、あやつに隙は見出せなんだ」

「拙者にお任せを」

と、小次郎が言う。

「隙が見出せぬなら、正々堂々と討てばよいのです」

「仇討ちか」

串部が苦笑いを浮かべる。

意外にも、蔵人介が賛同した。

「よし、小次郎に討たせよう。勝って汚名を濯《すす》ぐのだ」

「それなら、わたしが落とし文をやります」

すかさず、おせんが言った。

十五

毎月二十六日は愛染明王《あいぜんみようおう》の縁日なので、紺屋《こうや》は仕事をしない。

夜は六夜《ろくや》待ちの願掛《がんか》け、月の出は遅く、弥陀、観音、勢至の三尊が座る三つの月がみえるというので、みなは明け方まで宴席を張る。

夕刻、西向天神の参道には、ふたつの影が伸びていた。

ひとつは師匠の矢背蔵人介、もうひとつは弟子の秋吉小次郎だ。

小次郎の着けた白鉢巻と白襷には、兄小太郎の血が滲んでいる。

腰の据わりも堂々としており、五体には自信が漲《みなぎ》っていた。

出遭ってから十日のあいだ、蔵人介は小次郎に稽古をつけた。

今日は、その成果をためす場でもある。

――六夜待ち暮れ六つ　西向天神さるすべりの下にてお待ち申しあげ候　友鷲
袖釣りおせんは、見事に落とし文をやってのけた。

あとは、仇があらわれるかどうか。

あらわれないはずはないと、蔵人介は踏んでいる。

友鷲という号をみれば、飛びつくはずだ。

神谷の身柄が何者かに奪われたことを、室津は知っている。

文の主が友鷲ならば、一気に決着をつけようと馳せ参じるにちがいない。

無論、ひとりで来るはずはなかろう。

配下の者たちを率いてくるはずで、これに対処すべく、串部と市之進は木陰に待機していた。

神谷たちは仙石隼人正のもとで、首を長くしながら首尾を待っている。

――ごおん、ごおん、ごおん。

内藤新宿天竜寺《ないとうしんじゅくてんりゅうじ》の時の鐘が、暮れ六つの捨て鐘《がね》を三つ撞《つ》いた。

「来た」

蔵人介が吐きすてる。

小次郎は、いっこうに動じない。

十日の修行で、人が変わっていた。

「今のおぬしなら、平気だ」

蔵人介は小次郎の肩を軽く叩き、すっと身を離す。

大股で参道を進み、鳥居を潜った室津庄左衛門との間合いを詰めていく。

室津は両脇に、腕の立つ手下を四人連れていた。

ふたり片付ければ、あとは串部がどうにかしてくれる。

市之進はおまけなので、無理はさせないつもりだった。

蔵人介も室津も、歩調を変えない。

五間まで近づいたとき、両者の殺気がぶつかった。

が、どちらも刀を抜かず、擦れちがっていく。

擦れちがいざま、蔵人介は声を掛けた。

「おぬしの相手は、賽銭箱《さいせんばこ》のまえだ」

「ふん」

室津は鼻を鳴らし、小次郎のもとへ向かった。

「ぬおっ」

左右から、串部と市之進が躍りだしてくる。

四人の手下が怯んだ隙を衝き、蔵人介は抜刀した。

「ぎゃっ」

「ぐえっ」

脾腹《ひばら》を裂かれた手下ふたりが、折りかさなるように倒れる。

残るふたりは抜刀したが、つぎの瞬間、臑《すね》を失っていた。

市之進は何もできず、不満そうに口を尖《とが》らす。

室津は後ろの惨状も顧みず、小次郎に迫っていった。

「小童《こわっぱ》め。兄の二の舞いになりにきたか」

友鶯に嵌められたと知り、怒りで耳まで赤く染めている。

小次郎は刀も抜かず、ことばも発しない。

蔵人介たちは参道に佇み、ふたりが激突する瞬間を注視した。

「ふん」

さきに抜いたのは、小次郎のほうだ。

鞘を水平にかたむけ、瞬時に抜刀する。

無外流特有の抜刀術であった。

「はおっ」

室津も抜いた。

刃長二尺八寸の彎刀を抜きはなち、青眼の構えから剣先を鶺鴒《せきれい》の尾のように揺らして肉薄する。

相手の虚を衝き、大上段から一気に斬りおとすのだ。

常道ならそう出るはずだが、兄のときはちがった。

室津は青眼に構えた刀を右八相に引きあげ、相手を呼びこもうとした。

北辰一刀流の斬りおとしか、左片手持ちの抜突か、どちらかでくるのはわかっていたが、手筋はまだみえない。

小次郎は何をおもったか、刀を黒鞘に納めた。

「居合か」

室津はばっと後ろに離れ、刀を右八相に引きあげる。

兄のときと同様、胴をさらしながら誘ってきた。

「よかろう」

小次郎は敢えて、誘いに乗る。
撃尺の間合いに飛びこむや、低い姿勢から抜刀をこころみた。
「ふりゃ……っ」
捷い。
心ノ臓を狙った突きだ。
刹那、小次郎の手許で目釘《めくぎ》が飛んだ。
室津は手にした刀を横に払い、鼻先に迫った白刃を撥《は》ねつける。
「ぬわっ」
何の抵抗もなく、二尺五寸の白刃は宙に弾かれた。
と同時に、八寸の仕込み刃が、室津の心ノ臓を剔《えぐ》る。
「くはっ」
室津は血を吐き、二尺八寸の刀を取りおとす。
破れた心ノ臓から、鮮血が紐のように噴きだした。
小次郎は身じろぎもせず、返り血を全身に浴びている。
目だけが白い。まるで、赤鬼のようだ。
室津は仰向けになり、どしゃっと参道に倒れた。

すでに、息はない。

かっと、眸子を瞠っている。

しばらく、小次郎は動けずにいた。

言うまでもなく、右手に握った仕込み刃は、蔵人介が細工してやったものだ。

小次郎が会得したのは、無外流の『鬼之爪』ではなく、鬼役の編みだした不意打ちの剣であった。

正攻法で勝負する者からみれば、勝ちを得ることに徹した卑怯な剣かもしれない。

だが、命の取りあいに卑怯も糞もなかった。

清廉潔白な秋吉左門丞の息子なら、正攻法でくるにちがいない。

そうおもいこんだ相手の裏を掻いてやった。

これこそ、鬼役が伝授する『鬼之爪』にほかならなかった。

蔵人介は、彫像と化した小次郎に近づいた。

手拭いを取りだし、顔の血を拭いてやる。

「よくやった」

「……は、はい」

「わかるか、おぬしは勝ったのだ。見事に本懐《ほんかい》を遂げたのだぞ」

「……は、はい」
小次郎はその場に膝を屈し、大粒の涙をこぼす。
やがて、からだが小刻みに震えだした。
無理もない。
生まれてはじめて、人を斬ったのだ。
屍骸《むくろ》となった室津の背後には、満開のさるすべりがみえる。
蔵人介は何も言わず、震える小次郎の肩にそっと手を置いた。

地獄をみよ

一

葉月朔日《はづきついたち》の八朔《はっさく》は徳川家が武蔵国《むさしのくに》に入国した祝日、将軍家から朝廷へ駿馬《しゅんめ》が進呈される。

江戸城に出仕する面々は白帷子に長 裃《ながかみしも》を着け、大広間では諸大名や三千石以上の旗本にたいする祝賀贈答の行事が華々しく催された。八朔は五穀豊穣《ごこくほうじょう》を祝う儀式でもあるので、御膳の彩《いろど》りにも気をつかう。毒味の品数も増えるだけに、この日は鬼役五人が総出で御役にのぞまねばならなかった。

正装に身を包んだ幕閣の重臣たちが、蔵人介の目には狐《きつね》か狸《たぬき》にみえる。

狐と狸の化かしあいで幕政が決まるのだとすれば、嘆かわしいとしか言いようがあるまい。

重臣のなかでも際立って狡猾なのは、御側御用取次《おそばごようとりつぎ》の大槻美濃守実篤《おおつきみののかみさねあつ》であろう。鼻筋の通った役者顔と如才《じょさい》のなさが公方家斉に気に入られ、末は老中として幕政の舵取りを担う逸材とまで持ちあげられていた。

持ちあげる連中はみな、裏で鼻薬《はなぐすり》を嗅《か》がされている。

出世に能力の有無は問われない。何といっても、山吹色《やまぶきいろ》がものを言う。強欲な重臣どもの嗜好《しこう》を調べ、上手に擽《くすぐ》ってやれば、手玉に取るのは存外に難しいことではない。

そのあたりの手管《てくだ》を、大槻美濃守は心得ている。

みずからが人一倍欲深いだけに、衝くべき急所や勘どころがわかるのだ。

老中首座の松平周防守が満座《まんざ》で顔色《かおいろ》を失ったのも、おそらく、大槻の仕組んだことではないかと、蔵人介は睨んでいる。

公方家斉はついさきほど、白帷子の諸大名や大身旗本が大広間に集《つど》うなかで、驚くような問いを口にした。

「周防よ、但馬のことはどうなっておる」

この謎掛けを、即座に解いた者は少ない。

だが、問われた周防守本人にはわかった。

但馬のこととは、出石藩仙石家の騒動をおいてほかにない。

家斉にしてみれば、田舎の小藩の内輪揉《うちわも》めにすぎず、祝賀の席で話題にのぼるはずもないことだ。にもかかわらず、周防守はしかと返答しなければならぬ窮地に追いこまれた。

張りつめたような沈黙が流れ、家斉の膨れた顔が次第に強張っていった。

そのとき、影のように侍《はべ》っていた大槻美濃守が、すかさず身を寄せて許しを請《こ》い、家斉の耳に何事かを囁《ささや》いた。

この行為ひとつ眺めても、公方の大槻にたいする信頼の厚さが窺える。

「くかか、気に病《や》むな。周防の間抜け面をみとうなっただけじゃ」

家斉は太鼓腹を揺すって嗤《わら》い、公人朝夕人を呼んで尿筒《しとづつ》にちょろちょろやりだした。

そして、ぶるっと胴震いするや、脇息《きょうそく》をはねのける勢いで立ちあがり、大広間から出ていってしまった。

このとき、末席に座る出石藩の年若い殿様や旗本の仙石隼人正には、いったい何が起こったのか、さっぱりわからなかったにちがいない。公方が老中首座に何かを問うたあと、呵々《かか》と嗤って席を立ったとしか映らなかった。

ただし、噂は波のようにひろまった。

蔵人介は毒味の役目を終えて土圭之間《とけいのま》に控えていたが、家斉の発した謎掛けを耳にしたとき、仙石騒動の一件をやんわりと糾したのだと察した。

さらに、大槻美濃守が仕組んだにちがいないとおもった。

狙いは判然としない。

周防守の急所を握り、意のままに操ろうと画策《かくさく》しているのかもしれない。

だとすれば、家斉自身は、深い考えもなく問いを発したものと察せられた。

なにしろ、公方によって「但馬のこと」が御家騒動と認識された途端、出石藩の存廃が問われることにもなりかねないからだ。

周防守が蒼白《そうはく》になったのは無理からぬことだと、蔵人介はおもった。

それにしても、大槻美濃守は何を企《たくら》んでいるのだろうか。

橘右近も今ごろは、おそらく、同じように自問自答しているにちがいない。

あるいは、老中の水野越前守忠邦や寺社奉行の脇坂中務大輔安董の心中も穏《おだ》やかならざるものがあろう。

いまや、仙石騒動は一藩の内紛にとどまらず、姫路藩や浜田藩をも巻きこんだ巨大な醜聞《しゅうぶん》になりつつある。背景には来月から市中に出まわる天保通宝の密鋳という悪事が絡んでいるだけに、一介の鬼役としては安易に動くことのできないもどかしさもあった。

誰に命じられたわけでもないが、事に巻きこまれてしまった以上、しっかりと顚《てん》末《まつ》を見届けておきたい。

いずれにしろ、鍵を握るのは、今も粘り強く探索をつづけている神谷転だ。あるいは、神谷を泳がしている川路弥吉も鍵を握る人物のひとりであった。神谷によって得られた証拠をもとに、川路は悪事のからくりを解きあかし、仙石左京らの佞臣を白洲《しらす》に引きずりだそうと画策している。あくまでも、狙いは、左京の背後に控える松平周防守康任を失脚させることにあった。

蔵人介も、仙石隼人正から協力を求められている。

相手は巨悪、進むべき道は茨《いばら》の道だ。本懐を遂げるためには、からだを張って敵の猛攻をしのがねばならない。

「覚悟を決めねばならぬか」

蔵人介は溜息を吐き、土圭之間を抜けだした。

次御用之間を挟んだ西隣には、老中の控える上御用部屋がある。

周防守が冷や汗を拭いているすがたが、透《す》けてみえるようだった。

さっそく美濃守は上御用部屋を訪れ、よからぬ密談を持ちかけているところかもしれない。

御入側《おいりかわ》に面した廊下の片隅に、何者かがうずくまっている。

はっとして顔を向けると、暗がりから鋭い眼光が投げかけられた。

「ん」

両御番格御庭番《りょうごばんかくおにわばん》、筧陣九郎《かけいじんくろう》だ。

――胴斬りの筧。

という異名を持つ。

幕臣屈指《くっし》の遣い手と評される甲源一刀流《こうげんいっとうりゅう》の遣い手だけに、知らぬ者はない。

役料は蔵人介と同じ二百俵だが、大槻美濃守の希望で同家の用人頭《ようにんがしら》となってからは召し物まで絹に替わったと噂されていた。

蔵人介は目をそらし、長い廊下を渡って御膳所そばの厠《かわや》へ向かう。

厠は外にあるので、白足袋を脱いで裸足《はだし》になり、ひんやりとした砂地を踏みしめた。

木も草も生えておらず、小屋だけが建っている。

人影は無いが、小屋の物陰に殺気を感じた。

「誰だ」

押し殺した声で問うと、大柄な男がすがたをあらわす。

筧陣九郎であった。

「矢背蔵人介どのか」

「いかにも、そちらは筧陣九郎どのとお見受けいたす」

「ふふ、はじめて挨拶を交わすのが厠のまえとはな」

「貴殿の選んだことであろう」

「さよう。所詮、わしらは同じ穴の狢、厠の糞と変わりない」

「どういうことかな」

「おのれの信念とはうらはらに、佞臣に仕えることも甘んじて受けねばならぬ。禄を喰んでおるかぎり、おのれに選択の余地はない。斬れと命じられれば誰かを斬り、毒を喰《くら》えと言われれば喰わねばならぬ。おのれの命など羽毛よりも軽きもの、厠の糞と変わりない」

筧は自嘲《じちょう》し、軽く頭を下げる。

「すまぬ。お怒りになられたか」

「いいや」

「ほう、度量がある。さすが、上様のお命をお守りする鬼役どのだ」

「皮肉にしか聞こえぬが」

「おぬしの噂を聞いた。田宮流抜刀術の遣い手で、幕臣のなかにかなう者はおらぬと。それだけではない。影の御役を担っているとも聞いた」

「影の御役とは」

「きまっておろう、暗殺御用さ」

「あり得ぬ」

「ふっ、わしもそうおもう。されど、いずれ近いうちに、刃を交えねばならぬときがくるやもしれぬ。それゆえ、挨拶だけはとおもうてな」

蔵人介は苦笑した。

「刃は御免《ごめん》蒙《こうむ》る」

「酒ならばよいのか」

「できれば、そう願いたい」

「ふはは、わしもそうだ。麹町《こうじまち》に薄汚くて酒肴の美味い縄暖簾《なわのれん》がある。いずれ、呑みくらべでもいたそう」

「承知した」

筧は去った。

顔をみせた意図は判然としない。

油断のならぬ相手だが、悪人ではなさそうだ。

酒を酌《く》みかわしながら、剣術談議にでも花を咲かせたい。

そう感じさせる人物だった。

だが、狡猾な大槻美濃守の子飼いであるかぎり、胸襟《きょうきん》を開いてつきあうことはあるまい。

いずれにしろ、敵にまわしたら手強《てごわ》い相手だなと、蔵人介はおもった。

二

麻布狸穴、松平周防守下屋敷。

今の季節は早朝がよい。

葛《くず》や朝顔の葉に結んだ露《つゆ》が、白く光って零《こぼ》れおちる。

そんな風情《ふぜい》のある様子を濡れ縁に座って眺めながら、ひんやりとした風に肉の垂れた頬をさらしている。

「それにしても、肝を冷やしたわい」

周防守康任は、ほっと肩の力を抜いた。

八朔を祝う大広間で家斉に「但馬のこと」を糾されるとは、おもいもよらなかった。

大槻美濃守の機転に救われたのだ。

上御用部屋を訪ねてきた本人に聞いたはなしでは、公方の耳に「風聞にすぎませぬ」と囁いてくれたらしい。

どうやら、姫路藩の酒井雅楽頭家に嫁がせた愛娘の喜代姫から「但馬国を憂う」という内容の文が届き、その意味をはかりかねた家斉が、おもいつきで問うたものであったという。

出石藩の藩政を司る仙石家に内紛が燻《くすぶ》っていることも、藩大老の左京と康任が姻戚関係であることも、家斉はまったくわかっていない。

大槻美濃守は「あのご性分《しょうぶん》ゆえ、もうお忘れでござりましょう。爾後《じご》のことは、それがしにすべてお任せを」と、胸を叩いた。

心強いかぎりだが、不安は拭いきれない。

そこで、信頼のおける者に命じ、喜代姫の周辺を探らせていた。

めざましいはたらきをしてみせる者の名は但馬屋藤八、狐目の商人だ。

仙石左京の懐刀《ふところがたな》という触れこみで、今は亡き室津庄左衛門に連れてこられた。忠臣の室津が死んだあと、唯一、康任が頼りにしている相手でもあった。

室津によれば、但馬屋は生野銀山ではたらく人足頭の子に生まれ、山師として成功をおさめたらしい。廻船問屋《かいせんどんや》に転じてからは、めきめきと頭角をあらわし、左京から気に入られて出石藩の御用商人に抜擢《ばってき》された。

――天保通宝の密鋳は、莫大な利益をもたらす。

但馬屋は大胆にも、康任の面前で巨悪の絵を描いてみせ、ためしに「不知銭《ふちせん》」を鋳造してみせた。詳しいことは知らぬが、古銅吹所の不浄役人を手下にしたがえ、捕り方のあいだで「六文銭」と呼ばれていた群盗を操り、江戸市中を引っかきまわしたとも聞いている。

生野銀山から横流しされた銅を江戸に運んでいるのも、但馬屋にほかならない。康任が信頼をおくようになったのは、何といっても、留守居役校倉勝茂の不正をあばいてみせたことだ。

校倉は右腕と頼っていただけに、泣いて馬謖《ばしょく》を斬る心境であったが、室津にも

「校倉さまは獅子身中《しししんちゅう》の虫にございます」と断じられ、渋々ながらも覚悟を決めた。

康任は厳しい出世争いに身をおくなかで、人の善意ほどおぼつかないものはないとおもっている。人とは強欲な生き物だ。人を信じれば莫迦をみる。信じられるのは、山吹色に輝く小判だけだ。金さえあれば、人は靡《なび》き、足許に平伏す。どのような悪党でも、金をもたらす者だけが信頼でき、康任にとっては善なる者なのだ。

自分は今、徳川という大船の舵を握らされている。

舵を切らずとも、船は大海を漕《こ》ぎすすんでいく。

じたばた騒がず、何もせぬことが良策だ。

舵を握っているかぎり、盆暮れの贈答に並ぶ者はひきもきらず、金蔵に小判が貯まっていく。

子々孫々まで贅沢《ぜいたく》ができるだけの蓄財をなすことこそ、肝要《かんよう》なのだ。

康任は心に潜む邪悪な自分と対話をかさね、不気味に笑っている。

そこへ、但馬屋藤八が吉報を携えてあらわれた。

「おう、来たか」

「はい。周防守さま、心待ちにしておられたものを手に入れてまいりました」

但馬屋は目を吊りあげて微笑み、蒔絵《まきえ》で飾られた文筥《ふばこ》を取りだしてみせる。

康任は腰をあげ、悠然と上座に向かった。

脇息にもたれ、扇子《せんす》を上下に動かす。

「近《ちこ》う寄れ」

「は」

但馬屋は文筥を抱え、膝で躙りよった。

「そちが開けよ」

「は」

蓋を取り、うやうやしく差しだしたのは、鈍い光を放つ鋳型だ。

「正真正銘、天保通宝の鋳型にござります」

「ほほう、ようやった」

金座を差配《さはい》する後藤家の筋から入手したにちがいない。

康任は詳しいことを聞かず、鋳型を掌《てのひら》でもてあそぶ。

何やら、妙な気分だ。

當百銭の改鋳は、老中首座の自分が認可してすすめさせた幕政改革の目玉だった。

ところが、目玉の政策が施行されるのに合わせ、私腹を肥やそうとしている。

掌にある鋳型は、悪事の象徴にほかならない。

「それさえあれば、本物の當百銭を随意に鋳造できまする」

姫路藩勘定奉行の財部調所も生野奉行の志村伯耆守直方《しむらほうきのかみなおかた》とはからい、樽廻船に大量の銅を詰めこませ、江戸へ運んできたという。

「あとは、しかるべきところに炉を築いて、脇目も振らずに新銭を鋳造するのみ。さすれば、銭相場のみならず、金銀相場を操ることも夢ではござりませぬ。もちろん、周防守さまにご迷惑はお掛けいたしませぬ。高みのご見物をしていただくだけで、御金蔵は膨らんでいくばかりにござりまする」

「但馬屋、そちに任す。よきにはからうがよい」

打ち出の小槌となる鋳型を、康任はぽんと抛ってよこす。

但馬屋は慌てて拾いあげ、しっかりと文筥に仕舞った。

「ところで、喜代姫の件はどうであった」

「おそれながら、常真院《じょうしんいん》さまの密告ではないかと存じまする」

「密告とはまた、大袈裟《おおげさ》な。常真院とは、今は亡き仙石久道の正室か」

「いかにも。御先々代の久道公がご逝去なさったあと、軽子さまは常真院と号され、渋谷宮益坂の出石藩御下屋敷に隠棲《いんせい》なされました。月に一度、お腹を痛めた御先代政美《まさよし》公の菩提《ぼだい》を弔うべく、駒込白山《はくさん》の大乗寺《だいじょうじ》へ向かわれます。そうした折り、御実家でもある酒井雅楽頭さまの御下屋敷へ立ちよられ、喜代姫さまとおはなしされたのではないかと推察されまする」

「茶飲み話のついでに、愚痴でもこぼしたか」

「愚痴ならばよろしゅうござりますが、常真院さまは仙石左京さまにたいして、いささか恨みを抱いておりまする」

「おもいだした」

康任は膝を打つ。

「出石藩家老の河野瀬兵衛がしたためた弾劾状を鵜呑《うの》みにし、国元で隠然とした力を保っていた仙石久道に詰問《きつもん》したことがあったな。あのときは、左京みずからが江戸へ足をはこび、必死の弁明をこころみて、どうにか矛《ほこ》を収めさせたと聞いたが」

「お小遣いを増やしてさしあげたら、すぐさま矛を収めてしまわれました」

「ならば、また小遣いを増やせばよかろう」

「仰せのとおり、手配はいたしましたが、少しばかり懸念すべきことがござります」

「何じゃ」

「じつは、御先代の政美公は毒を盛られたとの噂が再燃しつつあるようで。政美公の母君であられる常真院さまの知るところとなれば、常軌《じょうき》を逸《いっ》した行動に出られるやもしれませぬ」

「所詮、噂であろう」

「いいえ、噂ではござりませぬ」

但馬屋の細い目が、きらりと光った。

康任の眉間に、縦皺が寄る。

「まさか、毒を盛った下手人を存じておるのか」

「左京さまに命じられ、手前が毒を盛りました」

「げっ、何だと」

「才気煥発《かんぱつ》な政美公は御《ぎょ》しにくいお方、消えていただくしかありませんでした。今や、出石藩五万八千石は左京さまの意のまま。周防守さまのご繁栄もひとえに」

「わかった。もう言うな」

「は」

「それで、どういたす」

「周防守さまのお力で、常真院さまをご幽閉《ゆうへい》していただきたくお願い申しあげます る。さもなければ、喜代姫さまに何を吹きこまれるか、わかったものではござりませぬ。まんがいち、御騒動のことが公方さまのお耳にはいれば、これまでの苦労は水の泡と消えましょう」

「わかった。常真院のことは何とかいたす」

「ほかにも、お願いの儀がござります」

「まだあるのか」

康任は、うんざりした顔になる。

但馬屋は、いっこうに気にしない。

「旗本の仙石隼人正に、断絶の憂き目をみさせねばなりませぬ」

「何だと」

「以前から申しあげておりますとおり、隼人正が江戸における敵方の拠点となってござります。密使として暗躍する神谷転も隼人正邸を根城にしており、この機に敵を根絶やしにしておくべきかと存じまする」

「五千石の旗本を潰すのは容易でないぞ」

「そこを何とか。周防守さまのお力をもってすれば、この世にできぬことなどござりますまい」

「まあな」

康任は持ちあげられ、まんざらでもない顔をする。

「よし、わかった。蟄居《ちっきょ》ならば、どうにかなろう。神谷某の探索については、南町奉行の筒井和泉守にも申しつけておく」

「筒井和泉守さまに動いていただければ、百人力にござりまする」

「そのあとは、どうする」

「敵を投網《とあみ》に掛けまする。そのために、国元から左京さまもおいでになります」

「左京が」

「はい。あと数日もすれば、江戸に達せられましょう」

心強いかぎりだ。左京には知恵も度胸もある。何といっても、出石藩一国を統《す》べる人物なのだ。

「よし、左京に伝えよ。一刻も早く、騒動を鎮めよとな」

「かしこまりました」

平伏す但馬屋から目を離し、康任は苦しそうに溜息を吐いた。

「大槻美濃守から由々《ゆゆ》しきことを聞いた。幕閣のなかで、仙石騒動を利用しようとしている者がおるとな」

「寺社奉行の脇坂中務大輔さまにござりましょうか」

「もうひとつ上の水野越前守じゃ」

「水野越前守さま」

「美濃守が申すには、仙石騒動に託《かこつ》けて、わしを今の地位から引きずりおろそうと画策しておるらしい」

「ふっ、さようなことはできますまい」

「わしもな、そう申したのじゃ。されど、美濃守は首を横に振った。越前守は近頃、上様のおぼえがめでたい。それをよいことに、一足飛びに老中首座の地位を狙っておる。わしを引きずりおろすためなら、どのような卑劣な手も講じようとするだろう。仙石騒動は恰好の餌になるゆえ、細心の注意を怠らぬようにと、美濃守は教えてくれたのさ。まあ、美濃守がこちらについてくれれば安心じゃがな」

それこそ危ういと、但馬屋はおもった。

美濃守は強敵と目される越前守を追いおとすために、康任を利用しようとしているにすぎない。

但馬屋は悪党だけに、同じ悪党の描く筋書きが手に取るようにわかる。

だが、康任には黙っておいた。

肝心なことは秘しておくのが、この世を生きのびる骨法《こつ》というものだ。

「それとな、刺客には気をつけよと、美濃守は申しておったわ」

「刺客と申せば、ひとり気になる者が」

「誰じゃ」

「矢背蔵人介とか申す幕臣《ばくしん》にござります」

「幕臣か」

「本丸の御膳奉行であるとか」

「まさか、鬼役づれが刺客のはずはあるまい」

蔵人介は、但馬屋にとって一度逃がした相手だ。

執念深く命を獲る機会を狙っていたが、康任に詳しい経緯をはなす必要はなかった。

「まさかとは存じまするが、その者の素姓を調べる必要はあろうかと」

「ふふ、わかった。城内では、鬼役のそばに近づかぬようにいたそう。よし、そろりと出仕の仕度をせねばなるまい」

康任は身を起こして濡れ縁に戻り、曙光《しょこう》に赤く染まった雲を睨みつけた。

三

稲の開花が近づくと、江戸はきまって野分《のわき》の襲来を受ける。

大屋根を飛ばすほどの暴風が吹きあれるなか、仙石隼人正に蟄居の沙汰《さた》が下された。

廓通いにうつつをぬかしたり、市中に繰りだしては酒を呑んで喧嘩をしたり、跳ねっかえりの若侍だった二十数年前の蛮行《ばんこう》が、今ごろになって蒸しかえされたのだ。

当時の楼主や喧嘩相手などが、証人としてぞろぞろあらわれた。

真偽の判別すらつかないものの、沙汰が下されたら従わないわけにはいかない。

罪人の証拠《あかし》として正門は閉ざされ、家人もいっさいの外出を禁じられた。

まさしく、寝耳に水の出来事に、隼人正は悔し涙を呑むしかなかった。

言うまでもなく、松平周防守康任の指図でおこなわれた暴挙《ぼうきょ》だ。

ときをおかず、仙石久道の正室常真院も、所持していた絹の召し物が奢侈《しゃし》禁止令に触れるとされ、渋谷宮益坂の出石藩下屋敷に幽閉されることとなった。誰がみても理不尽な沙汰であったが、隠密裡におこなわれたために、こちらは噂にものぼらなかった。

そしてまた、室津庄左衛門を斬った秋吉小次郎も「御役怠慢」などという適当な理由をつけられ、藩籍から抜かれた。姫路藩藩邸内の徒士《かち》長屋を逐《お》われ、父と兄の位牌を携えつつ、弱った母を連れて路頭に迷わざるを得なくなった。

探索の鍵を握る神谷転は行方知れずとなり、べしみの文蔵とおせんの父娘もすがたをくらましている。

もどかしい心持ちで風音を聞いていると、蔵人介のもとへ訪ねてくる者があった。

川路弥吉だ。

野良着《のらぎ》を蓑笠《みのかさ》に包み、てっきり下男の吾助の親戚か何かとおもったが、腰にはちゃんと大小を差している。

魁偉な顔をくしゃくしゃにして笑い、呑気《のんき》に時候の挨拶を口にした。

「ともあれ、なかへ」

濡れたからだを拭いて客間へ招じいれ、幸恵に熱い茶を淹れてこさせる。

ずるっとひと口呑んで落ちついたところで、川路は切りだした。

「神谷転の行方を、南町奉行所の捕り方どもが血眼《ちまなこ》になって探しております」

「川路どのも、神谷どのの行方をご存じないのか」

「はい、情けないことに。今ひとつ信用されておらぬのでござろう」

「潜行するさきに、あてはござらぬのか」

「唯一のあては、矢背どののもとでござる」

「どうして」

「損得勘定で動かれぬ矢背どのを、神谷は信頼しております。いよいよ、行く場を失ったときは、矢背どのを頼るやも。そのときは、どうなされます。下手に匿《かくま》えば、同罪とみなされますぞ」

「同罪とは」

「神谷には、役人殺しの疑いが掛けられました。殺された役人は古銅吹所の同心、石原輝之進にござる」

「何だって」

「無論、石原が群盗『六文銭』の頭目であることなど、誰も知りませぬ。ましてや、何者かの手によって闇から闇へ葬られたことも」

三白眼《さんぱくがん》で睨みつけられ、蔵人介は目を逸らす。

石原を葬ったのは自分だと、あらためて名乗ることもあるまい。

それにしても、神谷に石原殺しの濡《ぬ》れ衣《ぎぬ》が着せられるとは、因果なはなしだ。

「役人殺しとなれば、一月寺の者たちも文句を言えない。今や、周防守はなりふりかまわず、敵対する者たちを潰しにかかっております」

名奉行と評される筒井和泉守政憲《まさのり》も、周防守直々の命には抗えない。

むしろ、手柄をあげようと、仙石左京に抗する者たちの取締に乗りだしているのだ。

「脇坂中務大輔さまも、頭を抱えておられます。周防守は内輪揉めで知恵袋の校倉勝茂を失い、右腕と頼む室津庄左衛門も失った。喩《たと》えてみれば、皮を剝かれた玉葱《たまねぎ》も同然になったにもかかわらず、ここにきて強権をふるいはじめた」

「腐りかけた玉葱の芯が、崖っぷちで足掻《あが》いているとしかおもえぬ」

「なるほど、尻に火が点いているのは確かでござりましょう。されど、城内で噴火でもされたら、火の粉を浴びる方々も出てくるやもしれませぬ」

「それは、脇坂中務大輔さまや水野越前守さまのことか」

「いかにも。それがしに言わせれば、もはや、周防守は死《し》に体《たい》にござる。出石藩との関わりや銅貨密鋳のことがあきらかになれば、今の地位を逐われるのは必定《ひつじょう》。これからの世を統べるべき方々を、道連れにさせるわけにはまいりませぬ」

「それで、何か策は」

「神谷さえ戻ってきてくれれば、策を講じてみせましょう」

「ほう、どのような」

「幽閉された常真院さまを動かします。常真院さまは、密使が神谷でなければ信用いたしませぬ」

「弾劾状でも持たせるのか」

「いいえ。机上で綴った弾劾状など、何の効力も持ちませぬ。御先代政美公が左京に毒殺された証拠を持たせます」

「何と、そのような証拠を摑んだのか」

「はい。詳しい経緯を知る近習《きんじゅ》を籠絡《ろうらく》いたしました。左京の命を受け、手を下した者の正体もわかっております。おそらく、その者のことは、矢背どのもご存じかと」

——但馬屋藤八。

という名を聞き、蔵人介は狐顔の銭両替商を思い浮かべた。

「あやつか」

「出石藩御用達の廻船問屋にござります。されど、それは表向きの顔。裏では生野銀山の銅の横流しに関与し、銅貨密鋳の絵を描いている。不浄役人の石原輝之進を使って群盗どもに銅瓦を盗ませたのも、拙者は但馬屋であろうと睨んでおります」

「なるほど、但馬屋が悪党どもの扇の要になるわけか」

「所在は判然といたしませぬが、ともあれ、政美公毒殺のことをお伝えすれば、常真院さまは動かれましょう。ご実家の姫路藩酒井雅楽頭家へおもむき、ご当主忠学公のご正室であられる喜代姫さまにおはなしいただければ、喜代姫さまはときをおかずにお城へ伺候《しこう》なされ、但馬のことをどうにかしてほしいと、上様に切々《せつせつ》と訴えていただけるはず。その機を逃さず、水野越前守さまより、仙石騒動の詳細を上申していただければ、首尾《しゅび》能《よ》く事はすすみましょう」

滔々《とうとう》とよどみなく語る川路は、そうとうな策士《さくし》であった。

所詮は狐と狸の化かしあい、悪知恵《わるぢえ》に勝《まさ》るほうが生きのこる。

そうおもうと、一抹《いちまつ》の虚しさも感じる。

純粋に藩の行く末を憂う仙石隼人正は、数日ののちには拝領屋敷を没収され、国元の出石領内へ身柄を移されるとのことらしい。

「じつは、隼人正さまと入れかわりに、千両役者が江戸へ出てまいります」

「千両役者とは」

「仙石左京にござる」

川路は膝を乗りだし、ぐっと顔を近づけてきた。

「矢背どの、万策《ばんさく》尽きたとき、頼りになるのは貴殿の腕しかござりませぬ。どうか、その旨《むね》、おふくみおきくだされ」

「仙石左京を斬れと申すのか」

「御意《ぎょい》。このことは、橘右近さまよりご紹介いただいた当初、お約束いただいたことにござります」

「ならば、できぬとご返答するしかあるまい」

「いや、ははは。申しわけござらぬ。出過ぎたことを口走ってしまいました。いずれ、ご奔命《ほんめい》があるやもしれませぬ。そのときは、ひとつよしなに」

語るべきことを語り、川路はすっきりした顔で暇《いとま》を告げた。

風はいっこうに鳴りやまず、江戸は暗澹《あんたん》とした雨雲に覆われている。

こののち、矢背家からの帰路、川路弥吉は刺客に襲われ、深傷《ふかで》を負った。

そのことを、蔵人介はしばらくのあいだ、知らずにいた。

四

野分一過《いっか》の残暑もやわらぎ、薄《すすき》や女郎花《おみなえし》などを商う物売りの涼しげな売り声が辻々に聞こえてくると、月が恋しくなってくる。

「月見がてらに、夜の萩を愛《め》でたい」

志乃がそう言うので、一家総出で柳島《やなぎしま》村の龍眼寺《りゅうげんじ》までやってきた。

船を仕立てて大川を渡り、竪川《たてかわ》から十間川《じっけんがわ》に漕ぎすすみ、亀戸《かめいど》天神や津軽《つがる》屋敷を通りすぎていけば、右手に萩寺として名高い龍眼寺の山門がみえてくる。

市ヶ谷からは遠く、半日がかりの遊山《ゆさん》であった。

着いたのは夕暮れで、山門を潜るや、息を呑むほどの景観が目に飛びこんできた。

「すばらしい」

紅色の萩が波のようにうねっている。

境内のすべてが萩一色に埋めつくされていた。

遊山客は多い。着飾った娘のすがたも目立つ。

町娘の艶姿《あですがた》を眺めていると、幸恵に尻を抓《つね》られた。

すかさず、志乃が一句ひねる。

「萩咲いて夫の心は上の空」

「おみごと」

市之進と串部が手を叩いて喜び、鐵太郎は憐《あわ》れむような顔をする。

遊び人で居候の望月宗次郎《もちづきそうじろう》がここにいたら、気の利《き》いた落首《らくしゅ》を返しているところだろう。

庭をめぐって茶見世で茶などを呑んでいると、落日が訪れた。

客の多くは帰ったが、なかには雪洞《ぼんぼり》の手燭《てしょく》を提げ、夜の萩を楽しもうとする者たちもいる。

志乃と幸恵は鐵太郎を連れ、ひと足早く萩めぐりをはじめた。

残った男たちは酒を注文し、一杯引っかけて上機嫌になる。

「遊山はこうでなければ」

市之進は酒よりも団子のほうで、みたらし団子を頬張りながら上役の悪口などをこぼす。

串部はつまらなそうに耳をかたむけ、適当に相槌《あいづち》を打っていた。

ふたりの様子を眺めながら、蔵人介は深傷を負った川路のことをおもった。

見舞いに行ったときは眠っており、はなしはできなかったが、家人によれば命に別状はないという。ひとまずは安堵したものの、敵の手は予想を超えて深いところまでおよんでおり、油断はできないと気を引きしめた。

ただ、こうして遊山にやってくると、どうしても気持ちは弛《ゆる》んでしまう。

「義兄上、何やら、やけに静かですな」

我に返ると、市之進がはなしかけてきた。

串部が同田貫を帯に差し、毛氈《もうせん》の敷かれた床几から腰をあげる。

「志乃さまたちを探してまいります」

「拙者も」

市之進もつづいた。

分散してはまずいとおもったが、蔵人介はその場を動かない。

「きゃああ」

突如、絹を裂くような女の悲鳴が聞こえた。

立ちあがったところへ、胡麻塩頭の親爺がやってくる。

「お客さま、お勘定」

「ん」

差しだされた手には、短刀が握られていた。

「死ね」

「のわっ」

躱《かわ》しきれず、左肩を浅く削られる。

床几が倒れ、蔵人介は地べたに転がった。

親爺が猿《ましら》のように跳ね、真上から斬りつけてくる。

「しゃっ」

蔵人介は起きあがりざま、国次を抜きはなった。

一閃、腹を裂かれた親爺が地べたに落ちる。

「刺客め」

血腥い臭いを嗅ぎながら、波と連なる萩の向こうを透かしみた。

「わあああ」

見物客たちが悲鳴をあげ、蜘蛛《くも》の子を散らすように逃げてくる。

蔵人介は人の波に逆らい、本堂の裏手をめざして駆けた。

市之進が、唐人服を纏《まと》った連中と闘っている。

「うりゃ」

得意の柔術《じゅうじゅつ》で刺客を投げとばし、拳を胸に叩きこんだ。
蔵人介は低い姿勢で駆けより、刺客のひとりを刃に掛ける。
「義兄上、さきに行ってくだされ」
どうやら、市之進は足に傷を負ったらしい。
蔵人介はうなずき、後ろもみずに駆けだす。
竹竿が道の両端に何本も刺してあり、心もとない雪洞の灯りがつづいていく。
行く手には女がひとり、俯《うつぶ》せに倒れていた。
驚いて肩を抱きおこせば、見知らぬ顔の町娘だ。
すでに冷たい。一刀で袈裟懸けに斬られている。
おそらく、悲鳴をあげた者だろう。
「ぬう」
怒りと同時に、焦りが募る。
志乃や幸恵、鐵太郎のことが案じられた。
裾を捲《まく》りあげ、脱兎《だっと》のごとく駆けだす。
道に点々とみえるのは、人の臑だ。
串部の刈った痕跡《こんせき》であろう。

「ぬぎゃっ」

断末魔《だんまつま》の悲鳴が聞こえた。

目と鼻のさきで、串部が斬りあいを演じている。

相手は三人、いや、四人だ。

いずれも唐人服を纏い、妙な髪型をしている。

いったい、何者なのか。数が何人かもわからない。

「殿、裏手へおまわりくだされ」

「よし、わかった」

追いすがる刺客のひとりが、串部に臑を刈られた。

「ひゃっ」

蔵人介は焦りを募らせる。

足がおもうように動かない。

鉛の板を履いているかのようだ。

毛穴から、汗が吹きだしてくる。

「くそっ」

堂宇《どうう》をまわりこみ、裏手へ躍りだした。

唐人服に身を固めた五人の敵が手に手に得物《えもの》を持ち、志乃たち三人を取りかこんでいる。

一方、志乃は槍にみたてた長太い枝を手に持ち、幸恵は短刀を逆手に握り、鐡太郎を背に庇《かば》っていた。

「養母上《ははうえ》」

叫びかけるや、敵のひとりが踵《きびす》を返す。

手鞠《てまり》のように弾み、あっというまに迫ってきた。

敵の隙を捉え、志乃が尖った木の枝を突きだす。

「ぐえっ」

枝先がひとりの咽喉を貫いた。

一方、蔵人介は正面の敵を斬りふせ、その勢いのままに駆けよる。

「しゃっ」

青竜刀《せいりゅうとう》を掲げたふたりの敵が、行く手に立ちふさがった。

紫電《しでん》一閃、ひとりは脾腹《ひばら》を剔り、もうひとりは逆袈裟に斬る。

そして、最後のひとりは、志乃の餌食になった。

「すりゃっ」

太い木の枝を頭上で旋回させ、弓のように撓《しな》らせながら振りおろしたのだ。

ばきっと枝がまっぷたつに折れ、刺客の脳天はぱっくり割れた。

頭頂にだけ剃《そ》りのこした毛を、猫の尻尾のように編みこんでいる。

「それは唐人の証《あか》し、辮髪《べんぱつ》じゃ」

志乃が叫んだ。

刺客は腰砕けになって白目《しろめ》を剝いたが、死んだわけではない。

「その者から素姓を聞きだしなされ」

蔵人介は志乃に命じられ、刺客の襟首を引きよせる。

「おい、おぬしは唐人か。命じたのは誰だ」

問いかけるや、刺客は異国のことばで何事かを囁く。

それを、志乃が聞きとった。

「虎の餌食になるそうじゃ」

「えっ、唐人のことばがおわかりになるのですか」

「もちろん」

志乃が胸を張ると、刺客はむぎゅっと舌を嚙んだ。

暗殺に馴れた者でなければ、こうはいかない。

いずれにしろ、唐人たちの素姓は闇の中だ。

「養母上、死にました」

「さようか」

志乃もさすがに疲れたのか、折れた木の枝を杖代わりにして身を支える。

「とんだ遊山になりましたな」

「まあよいわ。わたしらはこうして、ちゃんと生きておる」

強がる志乃の横顔を、幸恵と鐵太郎が労《いたわ》るようにみつめる。

やがて、串部と市之進が駆けてきた。

串部以外は、命を狙われた理由をわかっていない。

だが、得体の知れない強大な敵の影だけは感じている。

こうしたとき、細かいことは言わずに腹を決めるのが、志乃の良いところだ。

「蔵人介どの、後ろを振りかえってはなりませぬぞ」

鬼の系譜を引く養母のひとことが、胸に沁《し》みた。

五

数日後、反撃の機会が訪れた。

生野奉行の志村伯耆守直方が、役向きのことで江戸へやってきたのだ。

これを知った蔵人介と串部は、伯耆守を拐《かどわ》かす企てを立てた。

蔵に閉じこめて責めたて、銅の横流しと銅貨密鋳に関する悪事のからくりを吐かせようとおもったのだ。

ここは高輪《たかなわ》の大木戸《おおきど》に近い海岸縁、松並木の向こうに料亭の灯りがみえる。

伯耆守は、親しい江戸の商人たちから接待を受けていた。

今ごろ、美味い料理に舌鼓を打ちながら、月見酒を愉《たの》しんでいることだろう。

「いい気なものでござる。こっちは、ひしこのぬたと鯖の煮付けで一杯飲《や》るしかなかったのに」

「充分ではないか。それ以上の贅沢をのぞめば、罰が当たるぞ」

「さよう、贅沢をすれば命を縮める。それが道理というもので」

串部は戯《おど》けたように言い、幇間《たいこもち》のように額をぺぺんと叩く。

「それにしても、生野奉行は何をしにやってきたのでしょうか」

「幕閣を支える御歴々へのご機嫌伺いさ」

「御歴々への」

葉月は江戸に領地の近い半年替わりの大名が領地へ戻る月、十五日には千代田城で参勤交代の御暇伺いがおこなわれる。御暇伺いに便乗して、地方に飛ばされている遠国《おんごく》奉行などが役目替えの訴えに訪れた。

ところが、役目を替えないでほしいと訴える者たちもいるという。

「長崎奉行を筆頭に生野奉行や佐渡奉行は、地元での実入りが多い。三年つとめれば蔵が建つとも言われておるゆえ、御歴々に賄賂を贈ってでも任期を長引かせようとするのさ」

「料亭に呼んだ商人どもから金を集め、それを賄賂にするつもりか」

「奉行とつきあいのある商人どもにも実入りはある。阿漕《あこぎ》な連中が持ちつ持たれつ、馴れあっておるというわけだ」

「強欲なやつらめ。根こそぎ葬りたくなってまいりました」

「連中を葬れば、別の強欲な連中を喜ばすだけのことさ」

「くそっ、どうすりゃいいんだ」

悪態を吐きたいのは、蔵人介も同じだ。

自分だけ儲けようとする連中がいるかぎり、世の中はよくならない。

世の中を変えるには、黴《かび》の生えた組織そのものをひっくり返す必要がある。

それは徳川の世を壊すということにほかならず、口に出せば極刑は免れない。

出るのは溜息ばかりだった。

季節外《はず》れの施餓鬼船《せがきぶね》が天蓋《てんがい》をひるがえし、鉦《かね》や太鼓を打ち鳴らしながら沖合を河口のほうへ向かっている。

施餓鬼とは餓鬼道に堕ちた無縁仏に供物《くもつ》を与えることだが、蔵人介の耳に聞こえてくるのは、おのれの後生《ごしょう》を願う人々の唱和する念仏だった。

「南無阿弥陀仏《なむあみだぶつ》、南無阿弥陀仏……」

串部もかたわらで、念仏を唱えている。

「おぬしが念じてどうする」

「今宵の企てが成功するよう、祈っておるのでござります」

人ひとりを拐かすことは、言うほど簡単なことではない。

生きて帰すのであれば、こちらの正体がばれてはならぬし、たとい、どのような悪党でも責め苦を与えるのは気が引けた。

だが、背に腹は替えられないところまできている。

一刻でも早く悪事のからくりをあきらかにしなければ、敵に潰されてしまいかねない情況なのだ。

「殿、料亭のまえに宿駕籠がまいりました」

「ん、そうか」

松の木陰を逃れ、ふたりで暗闇を移動する。

寄せては返す波音が、夜の静寂を際立たせた。

ふたりの企ては、いたって簡単だ。

宿駕籠の担ぎ手どもを昏倒《こんとう》させ、先棒と後棒になりすます。

そうすれば、苦もなく駕籠の主を拐かすことができよう。

ふたりは着流しではなく、駕籠かきの半纏《はんてん》を纏っていた。

真新しい褌《ふんどし》をきゅっと締め、剝いた卵のような尻をさらしている。

不安が頭を過《よ》ぎるのは、腰に大小を帯びていないからだろう。

ふたりは気配を殺し、駕籠に近づいた。

駕籠かきどもは地べたに座り、呑気《のんき》に煙管《キセル》を喫《ふ》かしている。

ほかに人影は無い。

今だ。

串部とうなずきあい、すっと駕籠かきの背後に近づく。

「おい」

驚いて振りむいた先棒に、当て身を食らわせた。

串部のほうも、手早く後棒を片付ける。

あらかじめみつけておいた漁師小屋にふたりを運び、手足を縛って猿轡《さるぐつわ》を塡《は》めた。

「これでいい」

蔵人介と串部は踵を返し、駕籠まで取ってかえす。

ちょうどそこへ、客たちが騒々しく出てきた。

女将や商人どもに囲まれているのが、生野奉行の志村伯耆守であろう。

提灯に照らされた顔は、上機嫌に赤らんでいる。

「串部、急げ」

「合点承知」

急いで駆けるそのさきへ、ゆらりと人影があらわれた。

刺客だ。

月光のしたで白刃を抜き、伯耆守のもとへ小走りに近づく。

「うわっ、くせもの」

商人のひとりが叫んだ。

供人ふたりが刀を抜き、伯耆守の盾になる。

刺客は歩みを止めずに迫り、供人を一刀で斬りふせた。

「きゃああ」

女将が叫び、商人たちといっしょに見世のなかへ逃げこむ。

ひとり残された伯耆守は、及び腰で刀を抜いた。

「ねい」

刺客の刃が一閃する。

「ぬひぇっ」

つぎの瞬間、伯耆守の胴が真横にずり落ちた。

「甲源一刀流の胴斬りか」

蔵人介は、突出する串部を押しとどめる。

「待て、おぬしのかなう相手ではない」

「刺客の素姓をご存じなので」

「ああ、あやつはたぶん、胴斬りの筧陣九郎だ」

「筧陣九郎と申せば、幕臣屈指の遣い手。それがなぜ」

「さあな」

筧に闇討ちを命じたのは、御側御用取次の大槻美濃守実篤だ。

伯耆守が口封じのために斬られたのは、あきらかだった。

なぜ、大槻がその役を負ったのか、理由は判然としない。

串部が問うた。

「どういたします」

「得物がなければやり合えぬ。触らぬ神に祟り無しさ」

ふたりは暗闇に紛れ、後退《あとずさ》りしはじめた。

血振りを済ませた刺客が、首を捻りかえす。

赤く光った双眸《そうぼう》が、闇に潜む羆《ひぐま》を連想させた。

六

葉月十五日は放生会《ほうじょうえ》、蔵人介は鐵太郎を連れて小名木川《おなぎがわ》に架かる万年橋《まんねんばし》に向かい、亀を買って大川に放してやった。

生ある者への功徳《くどく》としておこなうこの行事は、蔵人介にとって大きな意味を持つ。気持ちのうえでは、これまでに冥途《めいど》へ送ってきた者たちへの供養《くよう》も兼ねていた。

幼いころの鐵太郎は遊びの延長で亀や鳥を放していたが、近頃は殺生の意味を自分なりに考えるようになった。ことに今年は、萩寺で惨劇を目にしただけあって、亀を放す顔も真剣そのものだ。

蔵人介は万年橋越しの富士を仰ぎ、今宵は月見ができそうだと期待した。

本所や深川に人出が多いのは、幟《のぼり》祭りの異名《いみょう》をとる富岡八幡《とみがおかはちまん》祭が催されているからだ。

ふたりは南の深川を避け、北の両国橋《りょうごくばし》を渡って帰路についた。

家では、ささやかな宴の仕度がととのっているはずだ。

三方《さんぼう》には月見団子が堆《うずたか》く積まれ、柿や栗や蛤《はまぐり》などが供えられる。

鐵太郎にとっては、夜更《よふ》かしのできる数少ない宵でもあり、逸《はや》る気持ちを抑えかねているようにみえた。

ところが、御納戸町の屋敷に着いてみると、串部が厳しい顔で待ちかまえていた。

蔵人介は鐵太郎をさきにやり、冠木門《かぶきもん》の脇で踏みとどまる。

「いったい、どうしたのだ」

串部は斜され、山なりに積まれた水桶のほうを指差した。

暗がりから、千筋《せんすじ》の着物を纏った女が抜けだしてくる。

「袖釣りおせんか」

「お久しぶりだね」

貝髷に結《ゆ》った髪と柳腰《やなぎごし》のせいか、粋筋の女にしかみえない。

「串部の旦那には申しあげたんだけど、今からつきあっていただきたいのさ」

「どこへ」

「大川だよ。九間一丸《くまいちまる》を借りきって、月見を楽しもうっていう悪党どもがいてね。

主役は誰だとおもう。仙石左京だよ」

「何だと」

「くふふ、つきあう気になったかい」

「神谷どのはどうした」

「土手の草叢に隠れておられるよ。おとっつぁんとあたしも入れて、味方は三人しかいない。だから、手伝ってほしいのさ」

「手伝うとは」

「きまってんじゃないか。悪党どもを束にまとめて、地獄おくりにするんだよ」

「本気か」

「本気じゃなくて、どうすんだい」

船には但馬屋藤八もいれば、姫路藩勘定奉行の財部調所も乗りこむ。

「悪党の揃い踏みというわけさ。どうする、この機を逃す手はないよ」

「神谷どのが、そう仰ったのか」

「腕に自信があるから、助っ人はいらない。そんなふうに強がりを言って駄々をこねたけど、きちんと仕留めたいなら、矢背さまのお力を借りるしかない。わたしがね、そうやって説きふせたのさ」

と、そこへ、庭下駄を引っかけた幸恵が顔を出す。

「お殿さま、そろりと月見の仕度ができましたよ」

幸恵は言ったそばから、おせんに気づき、ごくっと空唾《からつば》を呑んだ。

「そちらのお方は、どなた」

棘《とげ》のある声で問われ、蔵人介は口をもごつかせた。

みかねた串部が、横から助け船を出す。

「奥方さま、そちらの娘はおせんと申し、拙者の血縁にござります」

「あら、それなら、ごいっしょいたしましょう。さ、どうぞ、こちらへ」

おせんは拒むどころか、冠木門を潜りぬけ、幸恵の背中につづいて敷台《しきだい》へ向かう。

蔵人介は肩をすくめ、串部に説明を求めた。

「さっぱりわかりませぬ」

仕方なく家に戻ると、家人たちがみな濡れ縁に集まっている。

耳を澄ませばすだく虫の音が聞こえ、低い空には満月が煌々と輝いていた。

三方には供物が堆く積まれ、御神酒徳利《おみきどっくり》も捧げられている。

志乃は闖入者《ちんにゅうしゃ》のおせんをみとめたが、例年どおりの作法で、ひとりひとりの盃に御神酒を注いでいった。

鐵太郎もふくめて、下男の吾助や女中頭のおせき婆までが盃を取る。

「さすれば、矢背家の武運長久《ぶうんちょうきゅう》を願って」

志乃の音頭で、みなは一斉に盃を空ける。

鐵太郎だけは渋い顔をしてみせたが、みなの顔は月明かりを浴びて晴れ晴れとしていた。

おせんは二杯目もひと息に干し、幸恵にお裾分《すそわ》けしてもらった団子を頰張る。

「とっても美味しいです」

芯から嬉しそうに言い、蔵人介と串部を驚かせた。

おそらく、まだ一刻の猶予があるのだろう。

ささやかな月見の宴を邪魔したくないという、おせんなりの配慮がはたらいたにちがいない。

蔵人介は、助っ人になる覚悟を決めた。

仙石左京を斬らねばなるまい。

大勢の人々が餓《う》えに苦しんでいるというのに、自分たちだけは暴利を貪《むさぼ》り、我欲のおもむくまま享楽《きょうらく》に耽《ふけ》る。そうした輩に引導を渡すのだ。

世にはびこる毒を探りだし、きれいに掃除をしてやらねばならぬ。

それは、毒の味を知る鬼役の自分にしかできぬことだ。

おせんが膝で躙《にじ》りより、温酒《あたためざけ》の酌をしてくれた。

「みなさん、お優しいのですね」

家族の温もりを知らぬ娘にとっては、憧れのひとときだったのかもしれない。

「羨《うらや》ましい」

にっこりと微笑みつつも、おせんの目に涙が光ったのを、蔵人介は見逃さなかった。

七

もうすぐ、亥ノ刻（午後十時）になろうとしている。

蔵人介は桟橋近くの土手に潜み、船遊びに興じる悪党どもの戻りを待っていた。

満月が叢雲《むらくも》に隠れると、地上は黒い幔幕《まんまく》に覆われたようになる。

暗闇のなかで再会した神谷転は、げっそり痩せてしまっていた。

「矢背どの、このようなことに巻きこんでしまい、まことに申しわけござらぬ」

「もう決めたことゆえ、お気になされますな」

「かたじけない」

「おせんに感謝なさるがよい。おせんの貴殿にたいするおもいの深さが、拙者の心を動かしたのだ」

隣で聞いていたおせんは頰を赤らめ、文蔵と串部の潜む土手際へ離れていった。

「今まで、どこに潜んでおられた」

蔵人介の問いかけに、神谷は力無く笑う。

「普化宗の末寺を転々と。隠れるところはいくらでもござる」

「なるほど」

「されど、仙石隼人正さまがあのような仕打ちをお受けになろうとは、夢想だにせなんだ。隼人正さまは左京に抗する唯一の砦《とりで》、もはや、砦を失ったわれらに打つ手はござらぬ」

「川路どのには再会されたか」

「いいえ。今ひとつ信頼がおけぬゆえ、伺ってはおりませぬ。何でも刺客に襲われ、深傷《ふかで》を負ったとか」

「右肩をばっさり斬られた。右手が自由にならぬゆえ、しばらくはご苦労されておったようだ」

「さようでござったか」

「じつは、刺客に襲われた晩、野分の大雨が降るなか、川路どのが訪ねてこられてな。神谷どのに会ったら伝えてほしいと、言《こと》づかっていたことがござる。どうやら、仙石宗家の御先代政美さまが毒殺された証拠を得たらしい」

「まことか、それは」

「ふむ。近習の証言が得られるそうだ。そのはなしを携えて常真院さまのお心を動かすことができるのは、神谷どの、貴殿をおいてほかにはいないと、川路さまは仰った。どうであろう。今宵のことは、川路どのに会ってから再考しては」

「判断に迷いますな。御下屋敷に忍びこみ、常真院さまのお心を動かすことができたとしても、はたして、屋敷から無事にお救いできるかどうか」

救って連れていくさきは、喜代姫の拠る姫路藩下屋敷だ。渋谷から駒込までは遠い。しかも、喜代姫と邂逅《かいこう》できるかどうかもわからず、たとい、邂逅してはなしができたとしても、一藩の存廃に関わる重要な内容を、喜代姫が公方家斉に訴えてくれるかどうかの保証はなかった。

あまりにも、障壁が多すぎる。

それに、諸悪の根源とも言うべき仙石左京は今、目と鼻のさきにいるのだ。

「鼻先に好餌《こうじ》がぶらさがっている。やはり、千載一遇の機会を逃す手はございますまい」

口をぎゅっと結ぶ神谷には、焦りが感じられた。

それに「好餌」ということばが、どうも引っかかる。

蔵人介の頭に「これは敵の罠なのではあるまいか」という考えが過ぎった。

左京たちにとってみれば、神谷転は喉元に刺さった棘《とげ》だ。

魚の小骨程度の棘ならまだよいが、背後には寺社奉行脇坂中務大輔や老中水野越前守の影もちらついており、放っておけば致命傷にもなりかねない。ゆえに、排除するべく罠を張っていても、けっして不思議ではないのだ。

蔵人介はしかし、そのことを口に出さなかった。

本人も薄々勘づいているはずだし、たとい、罠とわかっていても踏みとどまる気はあるまいと察したからだ。

とことん、つきあってやろう。

蔵人介は直参だが、藩に捨てられた陪臣たちの苦しみはわかる。

荒れはてた故郷の山河や飢饉に苦しむ人々の惨状を目《ま》の当たりにして、底知れぬ悲しみと憂いを抱き、政事を私利私欲の道具とみなす為政者や佞臣どもを葬るべく、蹶起《けっき》せざるを得ない。そうした者たちの心情は、我が事のように理解できる。

「万が一、本懐を遂げることができたら、文蔵やおせんを連れて故郷へ戻りたいとおもっております」

神谷は、しみじみと語りはじめた。

「できることなら、隼人正さまを藩政の中心に据え、大いにもりたてていきたい。そんな夢を抱いております」

「夢を抱くのはよいことだ。夢がなければ、人は前へ進めぬ。夢さえあれば、前へ進もうとする力が二倍にも三倍にもなる」

「矢背さま、そのおことばが、拙者に万倍もの勇気を与えてくれ申す。会えてよかった。いまさらながら、神仏に感謝せねばなりますまい」

「事が成就したら、美味い酒でも酌みかわしましょう」

「はい」

うなずいた神谷のもとへ、文蔵がやってくる。

「北へ遡上《そじょう》したまんま、戻ってくる気配もねえ。ひょっとしたら、向こう岸へ着けたのかもしれやせん。いざというときのために船も用意しておりやすが、どういたしやしょう」

「よし、乗ろう」

大川に漕ぎだして敵の船を探し、神谷は川のうえで決着をつけるつもりらしい。

たしかに、大屋根の軒に提灯を並べた九間一丸ならば、見逃すことはあるまい。

水のうえでは逃げ場もないので、討ち損じる怖れも減る。

ただ、これが敵の罠ならば「好餌」になるかもしれない。

一抹の不安を抱えながらも、蔵人介は船上の人となった。

叢雲の隙間から顔を出した満月が、水先案内をつとめてくれる。

両国橋を過ぎて北へ漕ぎすすんでも、川面《かわも》に船影はみえなかった。

閑寂《かんじやく》としたなかに聞こえてくるのは、すだく虫の音であろうか。

何千何万という蟋蟀《こおろぎ》や飛蝗《ばった》が、忙《せわ》しなく羽を揺すっているのだ。

やがて、虫の音は川面に溶けていった。

遠くに船灯《ふなあか》りがみえる。

浅草《あさくさ》と中之郷を結ぶ吾妻橋《あづまばし》の手前あたりだ。

「あれでやすよ」

文蔵が嬉々として言い、おせんも月明かりのしたで満面に笑みを浮かべる。

船灯りを消して近づくにつれ、賑《にぎ》やかな鉦や太鼓の音が聞こえてきた。

「やつら、まだ宴会をやっていやがる」

串部が舌打ちしてみせた。

もっと早い刻限であれば、物売り船にでも化けて近づくつもりだったが、船遊びの禁じられている刻限なので、役人に化けるほうが得策だ。

そのための用意も、文蔵とおせんによって周到にされてあった。

蔵人介も神谷も串部も捕り方装束に着替え、そのときに備える。

船は速さを増し、どんどん間合いを詰めていく。

近づいてみると、九間一丸はみあげるほど大きい。
不気味なのは、いつのまにか、鉦や太鼓の音が鎮まったことだ。
文蔵の巧みな艣《ろ》さばきで、楽々と九間一丸に横付けできた。
「誰もおらぬぞ」
串部が苦い顔で吐きすてる。
「罠だな」
蔵人介もつぶやいた。
「ともかく、まいろう」
神谷は先頭に立ち、船縁《ふなべり》から大きな船に飛びうつる。
蔵人介も串部も、おせんまで飛びうつった。
文蔵だけは船に残り、周囲に目をくばる。
神谷が閉めきられた障子を開けた。
大屋根の内は、畳の敷かれた九間つづきの広間だ。
ところが、人っ子ひとりいない。
盃や皿がいくつも転がっており、宴の痕跡だけは窺える。
蔵人介も警戒しながら、部屋のなかを進んでいった。

少しだけ屈《かが》めば、高さも気にならない。
部屋を通りぬけ、船首に達する。
「おらぬぞ。左京め、どこへ行った」
神谷が、口惜しげに唸った。
そのとき。
ぐわんと、船が大きく揺れた。
「きゃっ」
おせんが足を滑らせ、船端へ転がっていく。
その船端に近い水面が、唐突に盛りあがった。
――どおん。
噴きあがった水飛沫とともに、半裸の刺客が飛びこんでくる。
「死ね」
おせんの頭に、青竜刀が振りおろされた。
つぎの瞬間、刺客は臑を刈られ、川に落ちていく。
串部が「鎌髭」を納刀し、おせんを助けおこした。
――どおん、どおん。

船端の四方に水飛沫が立ちのぼり、刺客どもが躍りこんでくる。
みな、頭頂から垂らした髪を後ろで三つ編みにしていた。
萩寺で襲撃してきた唐人の仲間だ。
左京に飼われた刺客にちがいない。
「ひょう」
疳高《かんだか》い声をあげ、襲いかかってくる。
――ばすっ。
蔵人介も、ひとり斬った。
船が揺れるので、踏んばることもできない。
それでも、ふたり目を斬りふせ、神谷をみる。
舳先にいた。
ふたりの刺客に挟まれ、追いつめられている。
「くそっ」
脇差を抜き、投擲《とうてき》した。
ひとりの背中に刺さり、もうひとりは怯んだ隙に、神谷に咽喉を裂かれる。
「ぎゃっ」

悲鳴と血飛沫が錯綜《さくそう》し、船は左右に激しく揺れた。

串部はおせんを背に庇《かば》い、刺客ふたりと睨みあっている。

蔵人介が加勢に向かい、ふたりをどうにか片付けた。

「逃げろ、新手《あらて》がやってくるぞ」

文蔵が叫んだ。

東のほうから、船灯りが近づいてくる。

「橋役人の鯨船《くじらぶね》だ」

串部が吐きすてた。

十人乗りの快速船には、船首に御用提灯が灯っている。

南町奉行の筒井和泉守が差しむけた捕り方にちがいない。

捕まったら一巻の終わり、どうにかして逃げるしかなかった。

「さあ、早く」

文蔵に先導され、おせんと串部が乗りうつり、蔵人介と神谷も遅れてつづいた。

ところが、文蔵だけは何をおもったか、九間一丸に飛びうつる。

船縁から、こちらの船を蹴りつけた。

「文蔵、何をする」

神谷が怒鳴った。

「へへ、逃げておくんなせえ。あっしが連中を食いとめやす」

文蔵は豪快に嗤いあげた。

抱えた一升徳利を逆さにし、焼酎を船にぶちまける。

「おとっつぁん」

おせんが首を差しだし、泣きながら叫んだ。

串部の腕で羽交い締めにされているので、動きたくても動けない。

文蔵が叫んだ。

「おせんよ、神谷さまを頼んだぞ」

手にした龕灯《がんどう》をぐるぐるまわし、鯨船を誘いこむ。

「おうら、こっちだ」

龕灯は宙に抛られ、大屋根のうえに落ちた。

ぼっと、炎が巻きあがる。

瞬《まばた》きのあいだに、九間一丸は紅蓮《ぐれん》の炎に包まれた。

蔵人介は船尾に立ち、懸命に棹《さお》をさす。

串部と神谷は左右に分かれ、必死に櫂《かい》を前後させた。

「おとっつぁん、おとっつぁん……」

もはや、文蔵のすがたはみえない。

おせんの慟哭《どうこく》とともに、船は闇に吸いこまれていった。

八

つがいの燕が南の夕空へ消えていく。

遠くに聞こえる念仏は、阿弥陀詣《あみだもうで》の巡礼が唱えるものであろうか。

秋の彼岸《ひがん》も過ぎるころになると、夕風がやけに涼しく感じられる。

文蔵が死んで十日経ち、おせんはようやく悲しみの底から抜けだした。

こちらにとっては尊い犠牲であったが、町奉行所の御用船まで繰りだして二重の罠を仕掛けた敵にしてみれば、獲物を逃した気分だったにちがいない。

辻に佇む石仏《いしぼとけ》には、牡丹餅《ぼたもち》が供されている。

蔵人介と串部は宿駕籠の担ぎ手に化け、辻陰に潜んでいた。

小径をのぼって左手に曲がれば、勾配のきつい宮益坂《みやますざか》だ。

小径を挟んだ向こうには、出石藩下屋敷の海鼠塀《なまこべい》が連なっている。

奥女中に化けたおせんの導きで、神谷はまんまと藩邸内に忍びこんだ。

幽閉の扱いを受けている常真院が説得に折れ、命懸けで逃れてくることを期待した。

「御先代政美公が毒殺されたと知れば、ご決心なされましょう」

「だといいがな」

「殿にしては、めずらしく弱気であられる」

「弱気にもなるさ」

崖っぷちまで追いつめられているようなものだ。

「例の唐人乱波《らっぱ》ども、神谷さまによれば、但馬屋が金で雇った抜け荷船の海賊たちではないかとのことでござる」

「人の命も金で買おうとする。但馬屋とは、そういう男らしいな」

「許せませぬ」

串部は口を尖らせ、首を捻る。

「もうひとつ、解《げ》せぬことがござります。御側御用取次の子飼いである筧陣九郎が、なにゆえ、生野奉行の口を封じねばならなかったのでござりましょう」

「それか」

蔵人介にも、はっきりしたことはわからない。
ただ、御側御用取次の大槻美濃守が、松平周防守と通じていることは確かだった。
周防守の依頼でやったのだとしたら、それ相応の見返りがあったはずだ。
金なのか、地位なのか。あるいは、その両方なのか。
いずれにしろ、美濃守も欲深い連中の仲間とみなすしかない。
夕陽が釣瓶《つるべ》落としのように消え、あたりは薄暗くなってくる。
裏木戸が音もなく開き、袖頭巾の女中があらわれた。
おせんだ。
「ん、来たぞ」
蔵人介は身構える。
おせんの招きに応じて、同じような袖頭巾の女があらわれた。
常真院である。
その後ろから、神谷がつづいた。
「こっちだ」
串部が手招きしてみせると、三人はひとかたまりになって辻陰へ駆けてくる。
常真院が蒼褪《あおざ》めた顔を持ちあげ、蔵人介を睨みつけた。

「神谷、この者たちは」

「は、われらの仲間にござりまする。どうか、ご安心を」

「わかりました。駕籠に乗ればよいのだな」

「お願い申しあげまする」

常真院は袖頭巾をかぶったまま、するっと駕籠の内にはいった。

手馴れたものだ。

が、こちらは馴れていない。

蔵人介が先棒で、串部が後棒になった。

息杖《いきづえ》を左手に持ち、右肩に棒を担ぐ。

軽々と担ぎあげたものの、動こうとした途端、腰がふらついた。

先棒と後棒の呼吸が難しい。

「串部、よいか。あん」

「ほう」

「あん」

「ほう」

掛け声と足並みが揃い、往来を軽快に走りだす。

宮益坂を一気に駆けくだれば、御役御免だった。

そこからは船を使い、渋谷川《しぶやがわ》に沿って内藤新宿《ないとうしんじゅく》まで達する。

陸《おか》にあがったら、ふたたび駕籠を拾い、四谷、市ケ谷、牛込《うしごめ》、小石川《こいしかわ》とたどって駒込白山の酒井雅楽頭邸をめざす。

本来なら半日がかりの行程なので、常真院のからだがどこまで保《も》つか案じられた。

それでも、無事に船に乗りかえ、内藤新宿で陸にあがったのち、辻駕籠も拾うことができた。

牛込までやってくると、追っ手の不安がなくなり、真夜中の道にも馴れてくる。

神田《かんだ》上水を越え、牛天神《うしてんじん》の裏手から九段《くだん》の安藤坂《あんどうざか》をのぼりきると、みなの顔にも安堵の色がひろがった。

すでに、神谷は川路との再会も果たしていた。

常真院を連れだし、喜代姫のもとへ送りとどけるのは、公方家斉の決断を促すためには必須のことだ。

喜代姫には脇坂中務大輔の筋から、内々にその旨を報せてもらう手筈《てはず》になっている。

無事に身柄《みがら》を届けさえすれば、常真院は匿《かくま》ってもらえるはずだ。

「あんほう、あんほう」

駕籠は伝通院《でんづういん》の西から小石川橋戸町《はしどちょう》へ向かい、大下水に架かる橋を手前にした。

橋の向こうに鬱蒼《うっそう》と広がる杜《もり》は、御薬園《おやくえん》であろう。

御薬園西の鍋割坂を行けば、めざす酒井雅楽頭邸はすぐそこだ。

ところが、追っ手はさきまわりしていた。

「待て」

蔵人介は駕籠を押しとどめる。

橋の手前に、御用提灯が壁となって並んでいた。

「ここは無理だ。伝通院の裏手から御殿坂《ごてんざか》をまわりこむしかない」

場合によっては、中山道の追分《おいわけ》から遠まわりせざるを得まい。

神谷は駕籠のまえにかしずき、垂れの内にはなしかける。

「常真院さま、今しばらくのご辛抱《しんぼう》にござりまする」

返事のかわりに、苦しげな咳払いが聞こえてきた。

「よし、出立《しゅったつ》だ」

蔵人介は嫌がる駕籠かきの尻を叩き、東へ向かわせる。

伝通院の裏手から抜けて御殿坂を通り、迷ったあげく、中山道の追分に向かった。

万が一、追っ手が待ちかまえていても、幅の広い大路ならば切りぬけられると踏んだのだ。

蓮花寺坂《れんげじざか》から白山権現の門前を通り、大路が五つに分かれた追分へ向かう。

追っ手はおらず、左手の鶏声ヶ窪を北西へ走った。

右手は土井大炊頭、左手は大身旗本の高い塀だ。

「あと少し」

蔵人介は、みずからを励ました。

が、駕籠はその場に止まる。

前方には、町奉行所の捕り方が待ちかまえていた。

最後の障壁を突破しないかぎり、目的を遂げることはできない。

「旦那方、堪忍してくだせえ」

駕籠かきは拝むような仕種をして、どこかへ消えてしまう。

常真院は歩ける状態ではなく、誰かが駕籠を担いでいかねばならない。

「まいろう」

神谷が言った。

「わしが斬りこむ。おふたりは御駕籠を」

おせんは顔をしかめたが、それ以外に手はない。

蔵人介と串部は、ふたたび、先棒と後棒になった。

「されば、お願いいたす」

神谷は鎖鉢巻を締め、素早く襷掛《たすきが》けをする。

おせんに向かってうなずき、ぱんと頰を叩くや、土を蹴った。

と同時に、蔵人介と串部も駆けはじめる。

先導するおせんも、短刀を逆手に握った。

「ぬわあああ」

捕り方の網のなかへ、神谷が躍りこんでいく。

不意を衝《つ》かれた連中は混乱をきたし、道の脇に隙間ができた。

素人ふたりの担ぐ駕籠は一心不乱に突っこみ、障壁の綻《ほころ》びを通りぬけた。

振りかえってみれば、神谷は捕り方のなかで孤軍奮闘している。

だが、三方から梯子《はしご》で挟まれ、動きを封じられていた。

「神谷さま」

おせんが戻ろうとする。

「待たぬか」

蔵人介が叱りつけた。

「おぬしがおらねば、先方への連絡が取れぬ。役目を果たせ。それが、神谷どのの望むことだ」

涙を拭って振りかえり、おせんはふたたび駆けだす。

酒井雅楽頭家の正門がみえたとき、蔵人介たちを奈落《ならく》の底に落とすべく、最後の難敵が待ちかまえていた。

筧陣九郎である。

十人余りの配下をしたがえていた。

「ふふ、矢背よ、残念だったな」

「なぜ、おぬしがここにおる」

「命じられたからよ。それ以外に理由はあるまい」

「老中首座と御側御用取次が、つるんでおるというわけか」

「おぬしも幕臣の端くれなら、ことばに気をつけたがよいぞ」

「ふん、どうでもよいことだ」

「そうよな。地獄へ堕ちるおぬしの身を案じても詮無《せんな》いこと。されば、まいるぞ」

筧は、ずらっと刀を抜きはなつ。

そのときだった。

「お待ちなされ」

女人の声が、凛然《りんぜん》と響いた。

酒井家の正門が開かれ、金銀箔《きんぎんはく》の衣装を纏った姫君が登場したのだ。

「あっ、喜代姫さま」

おせんが、その場に平伏す。

駕籠の垂れが捲れあがり、常真院がすがたをみせた。

「……き、喜代姫さま」

ぽろぽろと涙をこぼし、ふらつきながらも歩きはじめる。

「おのれ」

筧が動いた。

「退《さ》がれ」

喜代姫は、刺すようなことばで押しとどめる。

「一歩でも動いてみよ。おぬしらすべて、蜂の巣にしてくれようぞ」

長筒を抱えた酒井家の足軽《あしがる》たちが、門の内から飛びだしてきた。

二列横隊に並び、筒口を筧たちに向ける。

おせんが常真院の手を取り、筧の面前を通りすぎた。

蔵人介と串部も、あとにつづく。

「残念だったな」

「ふん、運の良いやつめ」

筧は納刀し、配下とともに去っていく。

常真院は喜代姫と手を取りあい、泣きながら邂逅を喜んだ。

振りかえってみると、町奉行所の捕り方はいない。

神谷転は捕縛され、どこかへ連れていかれた。

おせんはぽつんと佇み、拳を固めている。

口惜しさを必死に怺《こら》えるすがたが、あまりに哀れで仕方なかった。

九

おせんは神谷が捕まった夜以来、すがたを消していた。

川路弥吉からは、長月二日の天保通宝発行に合わせ、敵の動きも忙しくなるだろうとの予測がもたらされたが、肝心の仙石左京と但馬屋藤八は江戸にとどまっているのかどうかさえわからない。一方、町奉行所の手に落ちた神谷の安否《あんぴ》も、川路によるる必死の探索にもかかわらず、判然としないようだった。

打つ手がないとあきらめかけていたところ、蔵人介の自邸へ見知らぬ桶職人が訪ねてきた。

「あっしは三十年前から、霊岸島《れいがんじま》で棺桶《かんおけ》をつくっておりやす。昨日、新川《しんかわ》の大神宮に参詣したところ、参道で若え娘《わけ》と擦れちがいやしてね、へへ、顔は忘れちまったが、そんとき、山梔子の香りがふんわりと漂ってきやした。おぼえているのは、その香りだけなんでやすがね」

初老の桶職人は黄色い歯をみせて笑い、捻った文を差しだす。

「こいつが、あっしの袖にへえっておりやした」

「落とし文か」

「へへ、まあ、そういうこって」

受けとって開くと、拙い字で蔵人介の宛名が綴られている。

――晦日品川沖　炉は樽廻船
おせんの筆跡だ。

人の良さそうな桶職人が立ち去ったあとも、蔵人介は興奮を抑えきれなかった。

串部を呼んで文をみせると、眸子を爛々《らんらん》とさせる。

「なるほど、敵は樽廻船《たるかいせん》に炉を築き、當百銭を密鋳していやがるのか」

「ふん、考えたな。沖に碇泊《ていはく》する船のうえなら、いくら黒煙が立ちのぼっても不審を抱く者はいない。万が一、みつかっても、外海へ逃げればよいだけのはなしだ」

樽廻船は長さ五丈《じょう》幅二丈五尺の千石船《せんごくぶね》よりも大きく、積み荷は千五百石前後が主力となるが、二千石や三千石まで積める巨大船もあった。泉州湊《せんしゅうみなと》から酒樽《さかだる》を積み、最短六日で江戸にたどりつく。そして、たいていは品川沖に碇泊し、荷の酒樽は伝馬船《てんません》に積みかえられ、霊岸島の新川河岸に軒を並べた酒問屋の蔵にはこばれた。

「仙石左京も、その船におりましょうか」

「少なくとも、晦日《みそか》の今宵はおるのだろう。おせんは命懸けでそのことを探りだし、わしらに報せてくれたのさ」

「おせんのやつ、どうして自分で来ないのでしょう」

より深く潜行し、敵の動向を探ろうとしているにちがいない。

万が一のことを想定し、桶職人に運命を託したのだ。

敵に捕まった公算も大きい。

不安は過ぎったが、ともあれ、今宵が敵の企みを阻む最後の機会になりそうだ。

「串部、今から文を書くゆえ、川路どのに届けてくれぬか」

「は。されど、寺社方は動きましょうか」

「わからぬ」

下手に動けば墓穴を掘る危うさもあり、川路ひとりでは判断できまい。

そうなれば、寺社奉行である脇坂中務大輔の決断ひとつに掛かってくる。

町奉行所の捕り方を差しおき、みずからの配下を海に差しむけるということは、老中首座の松平周防守と四つに組んで勝負することをも意味していた。

はたして、そこまでの腹を決められるかどうか。

無理ならば、単身で敵中に突っこむしかない。

もちろん、その覚悟はできている。

だが、本音を言えば、勝算もなく突出する愚は避けたかった。

蔵人介は家人を遠ざけ、ひとり瞑想《めいそう》に耽った。

まず、脳裏に浮かんできたのは、筧陣九郎の顔だ。

太刀筋も浮かび、必殺の胴斬りに屈する自分が瞼の裏に映しだされた。

情けない。

血塗《ちまみ》れの屍骸に向かって、問いかけてみる。

躱《かわ》せぬのか。
躱せぬのなら、生きのこる手を考えろ。
それができぬのならば、借りてきた猫のようにおとなしくしていろ。
怒りを抑え、面には出さず、生ける屍《しかばね》となって滅私奉公《めっしぼうこう》をつづけよ。
所詮、おのれは、徳川という大仕掛けの人形を動かす歯車のひとつにすぎぬ。
勝手に弾けることは許されぬのだ。弾けることは死を意味すると知れ。
――ごおん、ごおん。
暮れ六つの鐘が鳴っている。
蔵人介は浅い眠りから覚醒《かくせい》し、おもむろに立ちあがると、腰に大小を帯びた。
自分で湯漬けをつくり、さらさらと搔っこむ。
小茄子《こなす》の浅漬けがあったので、これも齧《かじ》った。
「美味いな」
合戦場《かっせんば》へおもむく武将の心境だ。
大股で廊下を渡り、敷台へ向かう。
送る者とていない。
行ってくるぞと声を掛けるのも、何となくためらわれる。

残照《ざんしょう》が庭を炎と染めていた。

飛び石を伝い、冠木門から外へ出る。

「おっ」

蔵人介は足を止めた。

志乃を筆頭に幸恵と鐵太郎、下男の吾助に女中頭のおせき、そして、居候の望月宗次郎までが一列に並んでいる。

どうしようもなく、からだが震えてきた。

「ご武運を」

幸恵が一歩進みでて、燧石《ひうちいし》をかちかちやる。

耳許に点滅する火花をみて、蔵人介は照れくさそうに笑った。

誰ひとり、行き先を問う者はいない。

何をしにいくのかも、知らぬはずだ。

ただし、当主の覚悟だけは察している。

察していながら、何もせぬわけにはいかない。

せめて、心を込めて送りだしてやろうと、みなで決めたことなのだろう。

そうした気遣いの仕方が、蔵人介には嬉しかった。

「されば、行ってまいります」

深々とお辞儀をし、胸を張って堂々と歩きだす。

沈みゆく陽光が最後の輝きを放ち、蔵人介の濡れた頬を臙脂《えんじ》に染めあげた。

十

築地《つきじ》船松町《ふなまつちょう》の渡し場で、串部が首を長くして待っていた。

川路には直に伝えられたが、捕り方を寄こすかどうかは寺社奉行の判断を待つしかないという。

予想していたので、別に落胆はしない。

そもそも、寺領を縄張りにする者たちが海へ乗りだすことなどあり得ないのだ。

「ふっ、孤立無援にございますな」

不敵に笑う串部も、すでに覚悟を決めているようだった。

「品川沖まで、この舟でまいりましょう」

「よし」

波は凪《な》ぎ、老いた船頭が艪をこねる仕種も緩慢だ。

浜御殿《はまごてん》から渋谷川の河口を過ぎ、弓なりの大縄手に沿って暗い海を漕ぎすすむ。

潮の流れに身をまかせ、波をいくつも越えていくと、やがて、品川洲崎《すさき》の突端に築かれた灯りがみえてきた。

晦日ゆえ、闇は濃い。

沖合に目を向ければ、樽廻船のものらしき船灯りがいくつかみえる。

周辺を漁《いさ》り火《び》が華燭《かしょく》のように囲み、夢をみている錯覚にとらわれた。

「近づかねば、わかりませぬな」

「ふむ」

「おせんのやつ、どこに行っちまったのだろう」

敵の樽廻船といっしょに、どこか遠くへ消えてしまったのか。

「殿、川路さまが仰いました。隣の清国《しんこく》でも抜け荷船の取締は厳しくなり、水夫《かこ》どもは海賊となって外海に散った。連中は利に聡《さと》く、刃物の扱いにも長《た》けている。なかには体術に優れた者もおり、そやつらは水の流れに沿うがごとく雇い主を替えるのだとか。いずれにしろ、和人の命なぞ屁《へ》ともおもっておらぬゆえ、心して掛かるようにとのご忠告にござりました」

「余計なことを知っておるな」

「長崎でも学ばれた」

「なるほど、それで唐人乱波にも詳しいのか」

「青竜刀を扱う乱波どもならば、首魁は勇舜《ゆうしゅん》という者かもしれぬと仰いました。顔に虎の刺青《いれずみ》を彫った男だとか」

「虎か」

龍眼寺の境内で舌を噛んだ唐人乱波のことをおもいだす。

志乃によれば、唐人は「虎の餌食になる」と警告していた。

「どんな顔か、想像もできぬな。ま、化け物がおったら、おぬしに任せる」

「勘弁してくだされ」

串部は情けない顔をする。

次第に宵も深まっていった。

艪を握る船頭が叫んでいる。

「黒船《くろふね》じゃ、黒船じゃ」

「うおっ」

驚いた。

闇の狭間《はざま》に忽然《こつぜん》と、小高い岩山のごとき船影があらわれたのだ。

大きい。三千石以上は積めそうな巨大帆船《はんせん》だ。

船灯りに浮かんだ船体は漆黒に塗られており、甲板から黒煙を幾筋も立ちのぼらせている。

「殿、あれは炉の煙でござりましょうか」

「そのようだな」

「どうなされます」

「乗りこむ。ほかに策があるのか」

「川路さまの言づてを、ひとつ忘れておりました」

「何だ」

「万が一にも仙石左京をみつけたら、斬らずに生け捕りにしてほしいとのこと」

「万が一とは何だ。船におらぬとでも」

「十中八九、おらぬ。そう、踏んでおられます」

「川路どのは、おせんを信じておらぬようだな」

「殿は、ご信じになられますか」

「あたりまえだ」

おせんを信じるがゆえに、敵中に乗りこむ覚悟を決めた。

たとい、念願がかなわぬとしても、人を信じずに動かぬよりも、人を信じて動いたほうが遥かによい。

「おせんは川路さまではなく、殿に連絡を取った。その理由がわかるような気もいたします」

すべての元凶は、仙石左京にある。

——出石藩五万八千石を乗っ取る。

たったひとりの抱いた野心があらゆる者の欲望を煽《あお》り、疑心を呼びおこし、血みどろの争いを生じさせた。

おせんは、文蔵の仇を討ってほしいと願っている。拾って育ててくれた文蔵の恩義に報いたい。そして、心を寄せる神谷転の大義にこたえたい。かならずや、そう考えているはずだ。

願いにこたえてやりたいと、蔵人介はおもう。

だが、左京を斬ることは、悪事の全容を闇に葬ることでもある。

川路の考えるとおり、さらなる巨悪を見逃すことにも繋がろう。

どうすべきか迷う。

それでも、進むしかない。

小舟の舳先は波を切った。

腹の据わった船頭は巧みに艪を操り、黒い船舷《せんげん》に近づいていく。

まるで、絶壁に立ちむかう木の葉のようだ。

それでも、どうにか舷に取りつき、樽廻船の片隅に小舟を繋《つな》ぎとめた。

船端からは、目の粗《あら》い網が垂れさがっている。

串部とうなずきあい、網を伝ってよじ登りはじめた。

馴れていないので、おもった以上に難しい。

船の揺れも大きく感じられ、油断すると固い舷にからだごと叩きつけられた。

どうにか船端に手を掛け、恐る恐る顔を差しだす。

唐人らしき見張りは何人かいるものの、談笑したり、居眠りをしており、しっかり見張っている者などいない。

蔵人介が顔を出したのは、寄りかかりと呼ぶ船尾の脇だ。

そっと縁を乗りこえ、横梁の真下に身を隠す。

串部もやってきた。

見渡してみると、甲板の中央に三つの炉が築かれている。

炉は真っ赤に燃え、汗だくではたらく職人たちのすがたもあった。

銅を溶かし、精製しているのだ。

炉のほかにもさまざまな工程が構築され、船内で銅貨が生みだされるしくみになっていた。

原料の銅が足りなくなれば、船に帆をあげて積みにいけばよい。

喩えて言うなら、巨大な打ち出の小槌に乗っているようなものだ。

すぐそばの穴から、唐人風体《ふうてい》の男が抜けだしてきた。

どうやら、船倉へ通じる出入口のひとつらしい。

串部を残し、蔵人介は穴に近づいた。

なかを覗くと、長梯子が架かっている。

素早く身をひるがえし、梯子を降りた。

人の気配はあるが、すがたはみえない。

物陰に隠れた途端、ふたりの唐人が喋りながら通りすぎていった。

船内は細長い隘路《あいろ》で繋がっている。

迷路のようだった。

船板一枚下に抜けると、巨大な擂《す》り鉢《ばち》になっている。

梯子を伝い、底のほうまで降りた。

一寸先もみえぬほど暗く、鯨の腹に呑まれた心地だ。
——じゃり。
何かを踏んだ。
冷や汗が出てくる。
屈みこみ、踏んだものを拾った。
俵のかたちをした銅貨だ。
天保通宝か。
おもいきって燧石を打ち、用意した小田原提灯《おだわらぢょうちん》に火を点《とも》す。
足許を照らすと、天保通宝が無造作に散らばっていた。
灯りを上に向ける。
「うっ」
驚いた。
天上近くまで、酒樽が山と積まれている。
だが、樽の中味は酒ではなかった。
密鋳された銅貨が、蓋の隙間からはみだしている。
ここにある蓄積されたぶんがすべて市中に出まわるとしたら、とんでもないことになる。

どうすればよい。

なかば途方に暮れかけたとき、誰かの話し声が聞こえてきた。

ふっと、提灯を吹き消す。

暗闇に白い煙がゆらゆらと漂い、すぐさま消えていった。

消えたさきから、龕灯の光が照らされる。

「誰かおったか」

「いいえ、鼠《ねずみ》だったようで」

ふたりの男が喋っていた。

最初のほうは、聞きおぼえのある声だ。

蔵人介は、にやりと笑った。

但馬屋藤八にまちがいない。

もうひとりは、手下だろう。

「女はどうした」

「へへ、まだ生きておりやすよ」

「死なせるなよ。餌に使えるからな」

「わかっておりやす。でも旦那、いってえ、どこの物好きが、のこのこやってくるってんです」

「お節介《せっかい》焼きの阿呆侍さ」

「捕り方でやすかい」

「いいや。素姓はようわからぬ。幕臣のあいだでは、鬼役と呼ばれておってな。ふだんは公方の毒味役をつとめておるが、裏にまわれば隠密働きもやる。そやつが寺社奉行の走狗《そうく》となり、船に乗りこんでくるとの報せがあったものでな。まあ、慌てることもあるまい。間者《かんじゃ》の言うとおり、寺社方は動かぬであろうし、鼠の一匹や二匹潜りこんだところで、何ができるわけでもなかろう」

「仰るとおりで。それにしても、川路弥吉のやつ、見かけ倒しの間抜け野郎だ。側近が間者とも知らず、のんびり構えていやがる」

「無駄口はそのくらいにしておけ。火の始末には気をつけてな」

「へい」

但馬屋は去り、手下の気配も消えた。

おせんは捕らえられ、こちらの動きは読まれている。

蔵人介は、焦燥《しょうそう》に駆られた。

十一

混乱に乗じて、おせんを救いだすしかない。

蔵人介は甲板に戻り、身振り手振りで串部と打ち合わせた。

小半刻のあいだ、蔵人介は船倉に戻り、おせんを探しだす。

みつからずとも、小半刻経ったら、串部は甲板に火を放つ。

邪魔だてする者は斬りすてるが、あくまでも、狙う獲物は仙石左京と但馬屋藤八のふたりだ。

そうした段取りのもと、蔵人介はふたたび梯子を降りた。

迷路をたどり、いくつあるとも知れない部屋を探してまわるよりも、手っ取り早い方法がある。

物陰に隠れ、見まわりを待ち伏せた。

息をひそめ、唐人を何人かやり過ごす。

すると、肩の肉が瘤《こぶ》のように盛りあがった男がやってきた。

虎だ。

刺青で頬に何本も筋を彫っている。
それがちょうど、虎にみえるのだ。
首魁の勇舜にまちがいない。
蔵人介は、息を殺してやり過ごす。
つぎにようやく、髷を結った男がやってきた。
みるからに粗野な風貌の小悪党だ。
一度やり過ごし、後ろから手刀《てがたな》で首筋を叩く。
力の抜けたからだを引きずり、暗がりまで運んだ。
猿轡を塡《は》めて後ろ手に縛り、活《かつ》を入れてやる。
「んぐっ」
覚醒した小悪党は、目を白黒させた。
首筋に小柄《こづか》をあてがい、囁きかける。
「女はどこだ。喋らねば殺す。おぬし次第だ」
小悪党は目を剝き、何でも喋ると仕種で訴える。
「怒鳴ったら、あの世いきだぞ。よいか」
首を縦に振ったので、猿轡を外してやった。

「ぷはっ」

すかさず、掌で口をふさぐ。

小悪党は息苦しそうに、足をばたつかせた。

「二度目はないぞ。よいか」

「へ、へい」

「よし、喋ってみろ」

「女なら、船首の真下にいる」

「案内しろ」

小悪党に猿轡を噛め、立ちあがらせる。

ふたりで縦になり、通路を歩きはじめた。

「逃げたら刺すぞ」

狭い通路を何度か曲がり、そのたびに見まわりをやり過ごす。

どうにか無事に船首の真下へたどりついた。

丸木の扉の向こうに、小部屋がある。

そのなかだと、小悪党は顎をしゃくった。

どうやら、見張りがひとりいるらしい。

「下手なことをすると、命はないぞ」

蔵人介は小悪党の猿轡を外し、扉を開けさせた。

間抜け顔の唐人がやってくる。

唐人の肩越しに、縛《しば》られたおせんのすがたもみえた。

――ばすっ。

後ろから小悪党の首筋を叩き、その場に昏倒させる。

驚いた唐人が叫んだ。

「ひゃあ」

その口に拳を叩きこみ、当て身を食らわせる。

おせんが、はっと顔を持ちあげた。

「……や、矢背さま」

したたかに撲《なぐ》られたようで、片方の瞼は腫れてふさがっている。

半裸で後ろ手に縛られており、腕や足首には赤々と縄の痕跡が刻まれていた。

脇差を抜いて縄を切り、腕を摑んで立たせる。

「おせん、歩けるか」

「……は、はい」

肩を貸してやると、おせんは足を引きずりながら歩きだした。
行く手の通路が何やら騒々しい。
異変に気づいた連中が駆けてくる。
だが、異変は甲板でも勃《お》こっていた。
——どおん、どおん。
と、轟音《ごうおん》が船倉にも響いてくる。
「串部め、派手にやりおったな」
こちらに近づいた跫音《あしおと》が、上のほうに遠ざかっていった。
ほっとしたのもつかのま、別の跫音が通路の向こうから迫ってくる。
曲がり角まで進み、壁際に背中をつけた。
ひょいとあらわれた唐人の横面を、拳で撲りつける。
さらに後ろから、手槍を持った唐人が躍りこんできた。
「殺《シャ》……っ」
鬢《びん》の脇で穂先を躱し、唐人の顔に頭突きを食らわす。
ばきっと鼻が折れ、膝を折った唐人の頭に、おせんが容赦なく膝頭を落とした。
「さあ、まいろう。甲板へあがるのだ」

「はい」

長い梯子を登ろうとするや、唐人の小汚い尻が降りてきた。

裾を握って引きずりおとし、顎を蹴って昏倒させる。

「さあ、早く」

梯子の上から手を出し、おせんを差しまねく。

蔵人介は梯子を登りきり、首を差しだした。

「ぬわっ」

紅蓮《ぐれん》の炎が飛んでくる。

すでに、甲板は火の海だ。

串部はどうやら、たたんであった帆に火をつけたらしい。

甲板へ這《は》いだし、後ろにつづくおせんに手を差しのべる。

どうにか、おせんを救いだすと、串部のすがたを探した。

「おったぞ」

ここは船首に近い右舷寄り、串部は中央の炉を背にしている。
七、八人の唐人が、三方から取りかこんでいた。
その中心にいるのは、勇舜という虎だ。

右手に、幅の広い青竜刀をぶらさげている。

一方、串部は両手に松明《たいまつ》を掲げ、何かを叫んでいた。

「さあ、掛かってこい」

あまりに騒がしいので、それだけしか聞こえない。

ほかの唐人たちはみな、火消しに右往左往している。

「おせん、すぐに戻る」

「はい。あの……」

「どうした」

「……さ、左京はおりませぬ。この船に仙石左京は」

「そうか」

「すみません」

「よいのだ。おぬしは、よくやった。物陰に隠れておれ」

「……は、はい」

消えいりそうな声を洩らし、おせんは物陰にうずくまる。

まだ二十歳にも満たぬ娘の健気《けなげ》さに、胸を打たれた。

蔵人介は立ちあがり、船板を蹴りあげる。

「ぬわああ」

憤然と声を張り、串部のもとへ迫った。

得物を手にした唐人たちが、一斉に振りむく。

「ふしゅっ」

勇舜が前歯を剝き、片手で軽々と青竜刀を振りまわす。

虎だ。

まさしく、牙を剝いた虎だ。

「化け物め、おぬしの相手はわしだ」

串部が松明を抛り、自慢の「鎌髭」を抜きはなつ。

低い姿勢で駆けぬけ、ぐんと身を沈めるや、臑を刈りにかかった。

「ふほっ」

勇舜は猿《ましら》のように、二間余りも跳躍した。

串部の「鎌髭」が空を切り、青竜刀が稲妻のごとく落ちてくる。

「殺……っ」

狙われたのは、串部の首だ。

真っ赤な炎を映して、白刃が光る。

刹那《せつな》、斜めに風が駆けぬけた。

「ひゃっ」

鮮血が散る。

手下どもは宙を仰いだ。

炎の揺らめく夜空に、虎の首が舞っている。

串部の窮地を救ったのは、蔵人介であった。

「田宮流、飛ばし首」

命を拾った串部が、声を震わせる。

かたわらには、青竜刀を握った首無し胴が転がっていた。

「ふぇぇぇ」

手下どもは混乱をきたし、我先《われさき》に逃げまどう。

それでも、斬りかかってくる者はあった。

だが、蔵人介と串部の相手ではない。

炎に舐められた甲板には、屍骸《むくろ》がつぎつぎに転がった。

「串部、もうよい。但馬屋を探せ」

「は。おせんは無事でございましたか」

「安心せい。されど、仙石左京はこの船におらぬ」

「えっ」

「まあよい。船倉には銅貨が山と積まれておった。船ごと沈めてやれば、敵にとっては痛手となろう」

「されば、突入は正しかったと」

「あたりまえだ。大手柄さ」

串部が納得したところへ、船首のほうから声が掛かった。

「そこまでだ。鬼役め、これをみよ」

但馬屋藤八と手下ふたりが、炎の向こうに立っている。

手下のひとりは、おせんの片腕を後ろに捻っていた。

「くそっ、やられた」

蔵人介と串部は、火の粉を浴びながらも駆けよった。

「止まれ。刀を捨てろ。さもねえと、女を殺るぞ」

但馬屋の狐目が光った。

手下の握った匕首《あいくち》も鈍い光を放つ。

と、そのとき。

唐人たちが騒ぎだした。

船縁の片隅に身を寄せ、海原を指差している。

鍛冶職人のひとりが叫んだ。

「捕り方だ。ごっそりやってくる」

但馬屋もおせんを連れ、船縁に近づく。

蔵人介と串部も駆けた。

「うおっ」

捕り方の船は一艘ではない。

漁船などもくわえて、船団を組んでいる。

いずれの船も、船首に白輪違紋《しろわちがいもん》の幟《のぼり》を立てていた。

「殿、あれは脇坂家の家紋でござる」

寺社奉行脇坂中務大輔の命で押しよせた船団だった。

川路弥吉もきっと、あのなかの一艘に乗りこんでいる。

「こうなりゃ、みんな道連れだ」

但馬屋が手下から匕首を奪い、おせんの顔に斬りつけた。

おせんは首を振って躱し、そのまま脇を擦りぬけ、船縁から海に飛びこむ。

「うわっ、おせん」

蔵人介と串部は、船縁から身を乗りだす。

奈落の底の海面に、水飛沫がひとつあがった。

「浮かんでこい」

蔵人介の祈りは通じ、おせんの頭が浮かんでくる。

黒い藻のような髪を、誰かが腕を伸ばして摑んだ。

ここまで運んでくれた船頭の親爺だ。

ぐったりしたおせんを小舟に引きあげ、こちらに両手を大きく振る。

「ぬはは、あの親爺、やりよる」

串部は腹を抱え、すぐに笑いを引っこめた。

但馬屋藤八が、目のまえで脅《おび》えている。

手下どもは逃げ、盾になる者もいない。

串部は、敢えて問うてくる。

「殿、いかがいたしましょう」

蔵人介は、躊躇《ちゅうちょ》なくこたえた。

「刈ってやれ」

「は」

柳剛流の達人は「鎌髭」を抜きさるや、猛然と船板を蹴りあげた。

「ちょ……っ」

白刃一閃、但馬屋の背が五寸ほど低くなる。

「ぬげっ」

それでも逃げだそうと、足を一歩踏みだした。

つぎの瞬間、顔から船板に落ちてしまう。

——ぐわん。

船体が大きくかたむき、横波が悪党の贓をさらっていった。

もはや、但馬屋藤八のすがたは船上にない。

ふたたび、船体はもとに戻った。

甲板が波に洗われたにもかかわらず、炎は鎮火しそうにない。

船倉にも燃えうつり、胎内《たいない》から轟々と音を起《た》てている。

「串部、飛ぶぞ」

蔵人介は裾を捲り、船縁に這いあがる。

「南無三《なむさん》」

じっと目を瞑《つむ》り、鳥のようにはばたいた。

十二

黒い樽廻船は明け方まで燃えつづけ、静かに船体をかたむけていった。

最後は断末魔の悲鳴をあげ、船首を墓標のように突きあげて海没した。

「銭の重みで沈んだのさ」

平然とうそぶいたのは、船団を率いて颯爽《さっそう》とあらわれた川路弥吉だった。

天保通宝で大儲けを狙った敵の目論見《もくろみ》はくずれたが、幕政の目玉となる銅貨改鋳に味噌をつける一件だけに、幕府によっておおやけにされることはなかった。

すべては、闇から闇へ葬られた。

大損したとはいえ、悪事に関わったお偉方たちは、ほっと肩の荷を下ろしたにちがいない。

だが、司直の手から逃れられぬ者もいた。

出石藩の大老、仙石左京にほかならない。

十数年の長きにわたって藩を食い物にしてきた佞臣は、寺社奉行脇坂中務大輔の手で裁かれることとなった。

「安董《やすただ》、おぬしの好きにせい」

鶴の一声を発した公方家斉のもとへは、酒井雅楽頭家に嫁《か》した愛娘の喜代姫が遊びにきていた。

もちろん、常真院から綿々と聞かされた左京派への恨み節を公方に伝えたのは言うまでもない。

それによって、公方は重い腰をあげたのだ。

お気に入りの水野越前守忠邦の助言も考慮し、五万八千石の裁定を賢明な寺社奉行に託した。

出石藩の仙石騒動については、普化宗に帰依した神谷転が一度目に捕縛されたときから、道三堀《どうさんぼり》の評定所《ひょうじょうしょ》において、寺社奉行、町奉行、勘定奉行、大目付、目付からなる五手掛《ごてがかり》の吟味がおこなわれてきた。

一藩の浮沈に関わる一大事が、たったひとりの寺社奉行に託されたことは、幕閣の御歴々にとっても勢力図の変化を感じさせる出来事となった。

脇坂の意を汲んで裁定の素案を書いたのは、吟味物調役の川路弥吉である。

正式な裁定の申しわたしは師走《しわす》まで待たねばならぬが、蔵人介が内々に聞いたところによれば、藩大老の仙石左京は御家乗っ取りを画策した大罪で獄門《ごくもん》に処せられる運命にあった。

切腹すらも許されず、首斬り役人の手で斬首《ざんしゅ》され、鈴ヶ森に首が晒《さら》されるのだ。前例のない、厳しい沙汰であった。

「二度と同じような騒動がおこらぬよう、敢えて厳しい罰を科すことといたします。これは全国二百七十余藩への見懲《みこ》らしなのでござる」

川路は、自信の漲る顔で言いきった。

左京の側近もふたりは死罪、ひとりは遠島、ほかにも左京派の主立った者たちは領外追放などの罰を受け、左京の子息は八丈島への流罪《るざい》となる運命におかれた。一方、藩主久利《ひさとし》へのお咎《とが》めはなく、出石藩の知行《ちぎょう》は三万石に減らされる見込みとなった。

そして、ついに、老中首座の松平周防守康任も、からだの不調を理由に長月いっぱいで職を辞する旨の願いを口にした。

水野忠邦や脇坂安董は、幕政改革の弊害となっていた松平康任を失脚させるという最大の目的を達成したのだ。

「このうえ、何を望もうか」

川路によれば、ふたりの殿様は秘かに盃をあげたらしい。

ところが、新たに目の上のたんこぶとなった者があった。

御側御用取次、大槻美濃守実篤である。

一時は周防守に擦りよって、甘い汁を吸おうとした。それがかなわぬとみるや、大奥の実力者であるお美代《みよ》の方や養父の中野碩翁《なかのせきおう》などと親密になり、公方家斉を意のままに操ろうと画策しはじめた。

それもこれも、幕閣で重きをなしつつある水野忠邦に対抗するためだ。

忠邦は、公方に重大案件の決裁を仰ぐにあたって、御側御用取次は無用な役目だと主張してはばからなかった。大槻美濃守は、いくらでも甘い汁が吸える地位を死守するために、なりふりかまわず暴走しはじめた。

公方の権威を笠に着て、誰彼かまわず莫大な金品を要求し、一方では、集めた金を幕閣の御歴々や御三家御三卿の重臣たちにばらまいて取りこもうとした。そうかとおもえば、忠邦を陰に陽に中傷し、同調しない者があるとみるや、刺客を放って排除した。もはや、御しがたい佞臣になりさがっていったのだ。

大槻美濃守と結託する者のなかには、もうひとり、裁きの網をするりと抜けた悪党がいた。

姫路藩の勘定奉行、財部調所だ。

財部は銅貨の密鋳に深く関わってきたし、亡くなった勘定吟味役の秋吉左門丞が斬奸状を叩きつけた相手でもあった。松平周防守に媚《こ》びを売っていたにもかかわらず、今は手の平を返したように、大槻美濃守の腰巾着《こしぎんちゃく》となっている。

ふたりは仙石左京らの罪状が定まっても、のうのうと生きのびていた。

なにしろ、密鋳や出石藩との関わりを証明する書面もなければ、証言する者もいないのだ。

蔵人介も懸念していたとおり、佞臣どもは新たな悪巧みに興じながら、今宵も浮かれた調子で盃をあげている。

白洲で裁けぬというのなら、誰かが引導を渡さねばなるまい。

誰の命を待つでもなく、蔵人介は覚悟を決めていた。

十三

長月十日夜《とおかんや》。

空には欠けた月がある。

蔵人介は秋吉小次郎を連れ、真夜中の深川永代寺門前仲町までやってきた。

小次郎とは、ずいぶん会っていなかったような気もする。

姫路藩を逐われたあとは、母とふたりで本所の裏長屋に住み、手習い所をひらいて子どもたちに読み書きを教えているという。

いつかは無外流の道場をひらくのが夢だと聞き、蔵人介は誘うのをためらった。

しかし、斬奸状が夢に出てきてうなされる夜もあると知り、やはり、父の無念を晴らさせてやるべきだと考えた。

永代寺へ通じる一ノ鳥居のそばに、雄藩の留守居役が身分の高い幕臣や陪臣を接待する『扇松《おうぎまつ》』なる茶屋がある。

大槻美濃守と財部調所は茶屋の二階を貸切にし、芸者をあげて遊んでいた。

蔵人介は紅殻《ベンガラ》色の楼《ろう》を仰ぎ、かたわらの小次郎に念を押す。

「よいか、大槻美濃守には最強の盾がいる。そやつには手を出すなよ」

「胴斬りの筧陣九郎にござりますな。承知いたしました」

小次郎は、蔵人介の勝ちを微塵も疑っていない。

だが、蔵人介自身は五分五分だとおもっている。

いざとなれば、腕を斬らせて命を貰うか。

冗談ではなく、そうなってしまうかもしれない。

あるいは、あっさり命を獲られることもあろう。

斬り合いたくない相手だが、筧陣九郎の関門を越えねば、佞臣たちに引導を渡すことはできない。

蔵人介は覚悟を決め、茶屋の敷居をまたいだ。

突如、殺気が膨らむ。

上《あ》がり端《ばな》のところで、筧が仁王立ちになっていた。

「矢背よ、遅かったな」

「待っておったのか」

「ああ、おぬしとは決着をつけねばなるまい」

「それは、誰かに仕える者のつとめか。それとも、武士としての意地か」

「はて。強いて言えば、おぬしのごとく無償で命を懸ける者が嫌いでな。正義をなさんとするそのしたり顔が気に食わぬ。反吐《へど》が出るのだわ。おぬしの偽善を叩っ斬れば、どれだけすっきりすることか」

「それが理由か。ならば、こっちも遠慮はせぬ」

「表へ出ろ」

「望むところ」

ふたりは敷居の外へ出て、すたすたと川縁まで歩いた。

行司役の小次郎が、神妙な顔つきでしたがう。

――ぱしゃっ。

川面に魚が跳ねた。

月が波紋に揺れる。

「矢背よ、そっちの若造は何だ」

「秋吉小次郎。財部調所に、いささか恨みを持つ者だ」

「恨みを晴らしにまいったのか。ふふ、残念だったな。わしがおるかぎり、おぬしは本懐を遂げられぬ」

「筧よ、その過信が死を招くぞ」

蔵人介は不敵に笑い、すっと身構える。

「猪口才《ちょこざい》な」

筧は唾を飛ばし、ずらっと刀を抜いた。

「鬼役が使うは田宮流抜刀術、腰にある長柄刀には細工がほどこしてあるとみた」

「よう見破った。柄に八寸の刃が仕込んである。目釘を抜けば、おぬしは仕舞いだ。

八寸の刃が咽喉を裂く」

「くふふ、わしの刀は二尺八寸。どうあがいたところで、二尺の差は縮まらぬ。おぬしとわしの技倆と同じよ」

筧は青眼から八相に構えなおし、じりじりと間合いを詰めてくる。

あまりの緊張で、小次郎は息もできない。

蔵人介自身は、いたって落ちついていた。

筧の本音を聞いた途端、何かがすとんと腑《ふ》に落ちたのだ。

この男は斬ってもよいのだと納得できたら、嘘のように緊張が解けた。

小細工などする必要もないと、胸に言い聞かせる。

みずからの技倆を信じ、真っ向勝負を挑むだけだ。

「まいるぞ」

筧は両肘を張って大上段に振りかぶり、頭蓋を狙って斬りつけてくる。

「とあ……っ」

蔵人介は抜き際の一刀で弾き、返しの一撃で袈裟懸けを狙った。

相手も太刀筋を見極め、受け太刀を取って刃を合わせる。

――がき、ぎりぎり。

火花が睫《まつげ》を焦《こ》がし、鍔《つば》迫《ぜ》りあいになった。
鬼と鬼が刃を挟んで睨みあい、鼻と鼻がくっつかんばかりになっている。
「ぶほう」
行司役の小次郎が、馬のような吐息を洩らした。
ついでに小便も洩らしたいほど、追いつめられているようだ。
刃を交える本人同士よりも、そばでみているほうが気が気ではない。
本番に弱い小次郎にしてみれば、なおさらのことだ。
蔵人介と筧は、撃尺の間合いから逃れた。
仕切り直しだ。
双方の口から、ことばは出てこない。
洩れてくるのは、荒い息遣いだけだ。
一合交えれば、相手の力量はわかる。
筧は、みずからの過信に気づいていた。
ゆえに、安易な打ちこみは控えている。
蔵人介の愛刀は、鞘の内にあった。
はたして、柄の仕込み刃を使うのかどうか。

相手が疑心暗鬼になっているぶん、こちらは優位に立っている。
実力の拮抗《きっこう》した者同士の闘いは、微妙な心の動きが勝敗の決め手となる。
蔵人介は、筧の心を的確に読んでいた。
追いつめられた獣が最後に頼るのは、一番得手とする技だ。
それは、胴斬りしかない。
刃長二尺の差をみせつけ、対峙する者の腹を真一文字に裂く。
その一点に、気を集めるしかあるまい。
つぎの一手が勝負だ。
筧は、ぐんと踏みこんできた。
体《たい》をひらき、脇構《わきがま》えに変化する。
腰を捻った。
来る。
「とあ……っ」
乾坤《けんこん》一擲《いってき》の胴斬りだ。
蔵人介は抜かない。
つぎの瞬間、筧の刃が左の脇腹に食いこんだ。

——がきっ。

金属を叩いたような音がする。

と同時に、来国次が鞘走った。

——ひゅん。

刃音とともに、筧の喉仏が斜めに裂ける。

「ずわっ」

ぱっくりひらいた斬り口から、鮮血が迸《ほとばし》った。

「……ぐぶ、ぐぶぶ」

おそらく、卑怯《ひきょう》なりとでも言いたかったにちがいない。

筧陣九郎はことばを発することもなく、その場にくずおれていった。

蔵人介は裂けた着物をちぎり、腹に巻いた分厚い胴板を取りはずす。

「細工はひとつではないわ。肝に銘じておけ」

屍骸を諭す蔵人介のもとへ、小次郎が駆けてくる。

「やりました。やりました、矢背さま」

興奮の面持ちで叫ぶ若侍を、蔵人介は叱りつけた。

「たわけ、本番はこれからだ。佞臣どもを成敗《せいばい》せよ」

「は」

ふたりは『扇松』の敷居をまたぎ、奥の大階段を土足のままで駆けあがった。

宴席はつづいていたが、もはや、たけなわも過ぎ、主従もろとも芸者たちを相手に乳繰《ちちく》りあっている。

「手っとり早く済ませよう」

蔵人介はみずからに言い聞かせ、襖障子を蹴破った。

半睡半眼《はんすいはんがん》の連中が、何事かと顔を向ける。

蔵人介は刀を抜き、大声を張りあげた。

「佞臣ども、地獄をみよ」

末席に座った供人の脳天に峰を叩きつけるや、女たちの悲鳴があがる。

芸者や幇間《ほうかん》や見世の者たちが、我先にと廊下へ逃げだした。

さらに、供人ふたりを峰打ちにすると、宴席の主役どもはようやく自分たちの身に降りかかった事態を呑みこんだ。

「おのれ、下郎」

財部調所が席を立ち、刀掛けに手を伸ばす。

小次郎が素早く反応し、腰の刀を抜いた。

「それがしは元姫路藩番士、秋吉小次郎。父秋吉左門丞の無念を晴らしにまいった」

「黙れ、小僧」

財部は振りむきざま、抜いた刀を上段に構える。

「お覚悟」

小次郎はすっと近づき、心ノ臓をひと突きにしてみせた。

――無外流、鬼之爪。

刀を胸から引きぬいても、財部は眸子を瞠ったままだ。

着物を真っ赤な血で濡らし、畳のうえに倒れていく。

「うわっ、待て、待たぬか」

上座の大槻美濃守は、腰を抜かして立つこともできない。

「……わ、わしを誰と心得る。上様のおぼえめでたき重臣ぞ。御側御用取次の大槻美濃守じゃ、わからぬのか」

「長ったらしい肩書きはいらぬ。世の中は善人か悪人か、ふたつにひとつだ」

「あっ、おぬし、鬼役の矢背蔵人介ではないか」

「やっと気づかれたか」

「何じゃ、わしに何の用じゃ」

「お命を頂戴しにまいったのでござるよ」

「……ふ、ふざけるな。ひょっとして、水野の刺客か。待て、金で雇われたのなら、わしが倍払う。いや、三倍払うぞ。の、わしにつけ。わしの子飼いになるがよい」

「みっともないまねは、およしなされ」

「えっ」

蔵人介に睨まれ、大槻美濃守はことばを失った。

「誰に命じられたわけでもない。拙者の一存でまいったのだ。佞臣め、覚悟せよ」

「……た、頼む。助けてくれ」

大槻美濃守は腹這いになり、足に抱きついてくる。

蔵人介は蹴鞠《けまり》の要領で、ぽんと蹴りあげた。

「のわっ」

仰け反った悪党の胸を、袈裟懸けに斬りおとす。

終わった。

悪党の幕切れは、存外に呆気《あつけ》ないものだ。

ふたりの刺客は血振りを済ませ、足早に大階段を駆けおりた。

顔をみずとも、小次郎の興奮がびんびん伝わってくる。

ふたりは敷居の外へ飛びだすや、秋風に背中を押されるように、闇の向こうへ走りさった。

十四

松平周防守康任は、仙石騒動によって老中首座の地位を逐われたのち、浜田藩による竹島《たけしま》での抜け荷が発覚し、永蟄居の沙汰を受けた。次男が家督《かとく》を継いだ同家は陸奥《むつ》棚倉《たなくら》への転封《てんぽう》を命じられ、天保十二年七月、惚けたように生きながらえていた康任は六十三歳で死去する。

一方、寺社奉行の脇坂中務大輔安董は、出石藩の仕置きを「あっぱれ」と評されて西ノ丸老中に昇進し、将軍世嗣家定《いえさだ》の守り役にも抜擢された。のちには本丸老中となり、幕政の舵取りをおこなったが、楽隠居をさせてもらえずに七十四歳で死去する。そのとき、何者かに毒を盛られたとの噂も流れた。

また、寺社奉行吟味物調役の川路弥吉は、仙石騒動の探索吟味によって名をあげ、勘定吟味役への昇進を遂げた。名を聖謨《としあきら》にあらため、そののちも佐渡《さど》奉行や普請奉行となって順調に出世を遂げ、幕政の改革に深く関わっていく。

石高を三万石に減じられた出石藩は、藩主仙石久利が親政を敷くまでの三十年近く、一門同士で性懲《しょうこ》りもなく派閥争いを繰りかえした。仙石左京家の末路は哀れなもので、左京の子息は八丈島に向かう途中で病死し、娘は私娼に堕ちた。子息が三宅島で亡くなったとき、荷物はすべて盗まれ、寝巻一枚だけしか残されていなかったという。

出石藩にかぎらず、どの藩にも同じような醜い内紛はあり、それが幕府の屋台骨を細らせていく要因にもなった。「仙石左京」は、全国津々浦々の藩にいる。それが表沙汰になっていないだけのことだった。

また一方、長月二日からあまねく庶民にお目見えとなった天保通宝は、幕府の記録によれば、七年間で約四千万枚が鋳造されたとある。

ところが、市中に出まわった天保通宝は、二億枚を優に超えていた。

理由は、各藩による密鋳が横行したためだ。

法度破りに関わった藩は、記録に残っているだけでも十を超え、薩摩《さつま》、福岡《ふくおか》、久留米《くるめ》、長州《ちょうしゅう》、土佐《とさ》、岡《おか》、仙台《せんだい》、盛岡《もりおか》といった外様《とざま》の雄藩のみならず、親藩の会津藩や御三家の水戸藩までが密鋳による荒稼ぎをおこなったという。

もちろん、それらはのちに判明したことなので、蔵人介は知る由もない。

長月は長雨の季節。

十三夜《じゅうさんや》に後《のち》の月《つき》を拝んだ翌朝から、雨はしとしと降りだした。

志乃と幸恵は鐵太郎を連れて、芝神明《しばしんめい》の祭りへ向かった。

十一日から二十一日まで十一日もつづくので、別名、だらだら祭りとも呼ぶ。

「土産は飴《あめ》入りの千木箱《ちぎばこ》と谷中《やなか》の生姜《しょうが》だな」

蔵人介が蛇《じゃ》の目《め》の内でつぶやくと、後ろでおせんが応じた。

「芝のお祭りなのに、どうして、生姜は谷中なのでしょう」

「それはおまえ、生姜は谷中だからさ」

われながら、間抜けな返答だ。

おせんはくすっと笑い、紅色の蛇の目をかたむける。

ざざっと、雨粒が落ちた。

先頭を行く串部が、足を止めて振りむく。

この男は傘をささぬので、濡れ髪が月代にぺったり貼りついている。

海苔《のり》のようだなと、蔵人介はおもった。

「殿、もうすぐ、三四《さんし》の番屋でござります」

「ああ、そうだな」

「ちと、早すぎたかもしれませぬ。近くの茶屋で団子でも食いますか」

「いいや、まいろう。団子を食っているあいだに出てこられても困る」

「かしこまりました」

神田佐久間町《さくまちょう》の番屋は、罪人と疑わしき者を長く留めおくことのできる大番屋《おおばんや》のひとつだ。三丁目と四丁目の境目にあるので「三四の番屋」と通称されている。神田川に架かる和泉橋《いずみばし》と新《あたら》シ橋《ばし》のあいだに位置し、土手から川へ迫りだすように建っていた。

昼はせせらぎ、夜はすだく虫の音を聞くことができるので、罪人のなかでも評判の高い番屋だった。

川路から連絡があり、神谷転が生きていると知ったのは、三日前のことだ。駒込の姫路藩下屋敷前で捕縛されてから、ずっと「三四の番屋」に留めおかれていたことを知り、おせんは狂喜した。

神谷を伝馬町《てんまちょう》送りにせず、大番屋に留めおいたのは、南町奉行筒井和泉守の英《えい》断《だん》にほかならない。筒井なりに風向きを読み、これまで言いなりになっていた周防守と一線を画そうとしたのだろう。

　おかげで、神谷の天敵と目されていたにもかかわらず、町奉行の職を解かれずに済んだ。筒井にしてみれば、上に命じられたことをやったまでだと、主張したかったにちがいない。

　三人は新シ橋を渡り、ぬかるんだ土手道を「三四の番屋」へ向かった。

　入口にたどりついてみたが、人の出てくる気配はない。

　緊張のせいか、蛇の目を握るおせんの手が震えている。

　亡くなった文蔵の無念も胸に抱き、たいせつな相手を迎えにきたのだ。

　季節は変わり、もう、山梔子の匂いはしない。

　かわりに、番屋の隅から芳香が漂ってきた。

「金木犀《きんもくせい》だな」

　蔵人介は、一歩踏みだした。

　番屋の木戸が音もなく開き、小銀杏髷の同心が出てくる。

　同心の背につづいて、無精髭の伸びた神谷転があらわれた。

「神谷さま」

　おせんは叫び、蛇の目を捨てて駆けだす。

　神谷は猫背のまま、仰天した顔を向けた。

「……お、おせん」
ふたりはひしと抱きあい、離れようともしない。
蔵人介は串部に目配せを送り、ふたりに背を向けた。
気づいてみれば、雨はからりとあがっている。
甍《いらか》とつづく雲間には、雁の群れが竿《さお》になって飛んでいた。
「初雁や」
そのあとの句が、浮かんでこない。
あきらめて歩みだす蔵人介の背中には、一条の光が射している。
これを遠くで拝む男女のあることも知らず、新シ橋を戻りはじめた。
「初雁や黄泉《よみ》に通じる戻り橋」
串部が後ろで、へぼ句を詠んだ。
縁起でもない句だが、存外に的を射ているのかもしれない。
蔵人介の戻るさきには、悪辣非道《あくらつひどう》な鬼どもが蠢いている。
鬼どもを黄泉路へ葬送するのが、鬼役のつとめなのだ。
戻ることのできない橋を渡ってしまったのかもしれぬ。
ぎいこ、ぎいこと鳴りわたる雁《かり》が音《ね》を聞きつつ、蔵人介はそんなふうにおもった。

図版・表作成参考資料

『江戸城をよむ――大奥　中奥　表向』（原書房）

『江戸城本丸詳圖』（人文社）

光文社文庫

文庫書下ろし／長編時代小説

成《せい》　敗《ばい》　鬼役《おにやく》 七《しち》

著　者　坂《さか》岡《おか》　真《しん》

2012年10月20日　初版1刷発行

発行者　駒　井　稔
印　刷　堀　内　印　刷
製　本　榎　本　製　本

発行所　株式会社　光　文　社
〒112-8011　東京都文京区音羽1-16-6
電話　(03)5395-8149　編　集　部
8113　書籍販売部
8125　業　務　部

ISBN978-4-334-76474-6　Printed in Japan

組版　萩原印刷

お願い　光文社文庫をお読みになって、いかがでございましたか。「読後の感想」を編集部あてに、ぜひお送りください。

　このほか光文社文庫では、どんな本をお読みになりましたか。これから、どういう本をご希望ですか。

　どの本も、誤植がないようつとめていますが、もしお気づきの点がございましたら、お教えください。ご職業、ご年齢などもお書きそえいただければ幸いです。当社の規定により本来の目的以外に使用せず、大切に扱わせていただきます。

光文社文庫編集部